DESCARTES

« Toutefois j'ai ici à considérer que je suis homme. »

La première édition de cet ouvrage a paru en 1956
dans la collection « Écrivains de toujours ».
Nouvelle édition comportant une bibliographie mise à jour.

Couverture : portrait de Descartes
d'après Frans Hals, musée du Louvre, Paris
© Musée du Louvre

ISBN : 2-02-028228-3
(ISBN 1ʳᵉ édition : 2-02-00036-9)

© Éditions du Seuil, 1956 et janvier 1996

DESCARTES

Samuel S. de Sacy

Écrivains de toujours

SEUIL

MONSIEUR RENÉ DESCARTES

Un mot malchanceux

Qu'un mot en arrive, au cours des siècles, à signifier le contraire de ce qu'il veut dire, cela n'est pas trop rare en français. Et ce changement de sens a lui-même un sens. Ainsi l'histoire du mot *cartésien* ne traduit pas mal l'histoire des cartésiens, disciples à qui il n'a manqué pour être tout à fait fidèles que le génie – un génie couvrant toute la gamme des sens du mot *génie* à partir *d'ingenium* –, ce qui les a aussitôt conduits au comble de l'infidélité. Infidèles, donc, par fidélité. Si bien que le mot *cartésien* n'a plus avec Descartes lui-même qu'un lien fort ténu, et tout formel. Or, l'usage faisant foi et l'effet lointain revenant sur la première cause, la figure de Descartes a fini par prendre dans nos imaginations les traits déformés du mot.

Il est vrai qu'il n'est pas habituel que la légende des grands hommes s'accorde avec leur histoire. Notre esprit sécrète volontiers le mythe ; c'est sa manière naturelle de s'accommoder de ce qui le dépasse ; il s'installe ainsi dans le miraculeux en sautant par-dessus les cheminements, trop ardus pour nos pauvres forces. Devant une vigueur désespérante, une énergie désespérante, une tension de poésie ou d'intelligence ou d'efficacité désespérante, une vertu désespérante, le mythe est la réponse spontanée de notre organisation spirituelle, et sa réaction de défense contre le désespoir.

Encore faut-il que le mythe ne retombe pas dans le mensonge dont il s'est distingué (puisque les deux mots

■ Portrait de René Descartes « d'après Frans Hals ». Descartes écrit souvent à la première personne ; ses œuvres peuvent être considérées comme des portraits de lui-même, et sa philosophie, un chemin que le lecteur doit emprunter à son tour s'il veut en saisir le sens. (Paris, musée du Louvre.)

ont même origine) par sublimation et scissiparité. Aucune explication, bien sûr, ne nous expliquera jamais l'inexplicable du génie : pourtant il n'est pas vain d'aller reconnaître un peu les confins de l'inexplicable dans leur vérité. Ou bien les grands hommes ne nous sont de rien ; ou bien il est capital pour nous d'apercevoir au moins les bases où ils ont planté leur camp de départ, les routes qu'ils ont choisies, les empreintes qu'a laissées leur allure. Ce sont ces points-là et ces directions, avec leurs mesures et leurs coordonnées, que déterminent les investigations des érudits. On a tort d'en médire : elles situent avec plus d'exactitude la vraie zone de l'incommensurable. Baudelaire nous apparaît plus grand depuis que nous connaissons mieux ce qui en lui demeurera inconnaissable.

Or, s'agissant de Descartes, il n'y a même pas besoin de convoquer l'érudition pour découvrir à quel point il est étranger à sa cartésienne renommée : il suffit de le lire. Mais de le lire avec bonne foi, simplicité, plasticité, – avec naïveté (il est vrai que pour un lecteur adulte la naïveté n'est plus une qualité spontanée : comme le naturel, comme la sincérité, elle se conquiert). Dans la même disposition qu'on se donne pour lire un roman. Un roman ? C'est lui qui l'a dit : s'il a « voulu que les femmes mêmes pussent entendre quelque chose » dans le *Discours de la méthode* (lettre au P. Vatier, 22 février 1638), il recommande encore qu'on aborde le livre des *Principes de la philosophie* sans contrainte ni contention :

> Je voudrais qu'on le parcourût d'abord tout entier ainsi qu'un roman, sans forcer beaucoup son attention…
>
> (Préface.)

Seulement il faut croire qu'on le lit mal, ou qu'on ne le lit pas, ou encore que ceux qui le lisent ne sont pas ceux qui parlent de lui. Car si le mot *cartésien* (selon d'ailleurs un usage que nos dictionnaires ne s'aventurent pas encore à élucider) désigne un caractère bien réel et bien français, et ridiculement français parfois, il faut rapporter ce caractère non pas au Descartes vrai, mais aux descendants des descendants et, par exemple, à tous les héritiers de ces théologiens qu'il avait en horreur, les théologiens de la Contre-Église valant ceux de l'Église ; ou bien à ces philosophes qui toujours font de la philosophie un « moyen de parler vraisemblablement de toutes choses et de se faire admirer des moins savants » (première partie du *Discours*) ; ou bien aux juristes qui prétendent dicter leurs lois à la nature des choses ; ou encore aux pédagogues qui prennent la culture pour un système de résumés bien articulés.

Le cartésien du langage courant, c'est un pédant de cabinet, sec, rigide, entier, tranchant, les yeux fermés devant le monde et devant lui-même ; il ne se fie qu'à la pensée pure ; il n'admet de connaissance que de l'abstraction ; il prétend déterminer l'être au moyen de sa mécanique raisonneuse ; il ne croit qu'à ce qu'il a décidé devoir être, à l'existence que par déduction et au réel que par conclusion. Ce cartésien-là est à peu près à Descartes ce que le signe *moins* est au signe *plus*.

« Je suis homme »

Et cependant une bonne partie des livres de Descartes est occupée en effet par ces « chaînes de vérités » dont lui-même proclamait qu'elles commandaient tout le reste, par ce « … il me semble que par là j'ai trouvé des cieux… » qui ravissait Péguy (n'y a-t-il pas quelque chose d'également ravissant dans les titres des *Méditations* troisième et cinquième, « De Dieu ; qu'il existe » puis « Et, derechef de Dieu, qu'il existe » ?). Mais on s'abuse, et on se complaît parfois à s'abuser, sur la place que tient la déduction métaphysique dans l'ensemble de l'œuvre et dans la vie d'une pensée vivante.

> J'ai tâché de trouver en général les principes ou premières causes de tout ce qui est ou qui peut être dans le monde, sans rien considérer pour cet effet que Dieu seul qui l'a créé, ni les tirer d'ailleurs que de certaines semences de vérité qui sont naturellement en nos âmes. Après cela, j'ai examiné quels étaient les premiers et

plus ordinaires effets qu'on pouvait déduire de ces causes ; et il me semble que par là j'ai trouvé des cieux, des astres, une terre, et même sur la terre de l'eau, de l'air, du feu, des minéraux et quelques autres telles choses...

Sans doute. Mais aussitôt Descartes lui-même envoie le coup d'arrêt :

> Puis, lorsque j'ai voulu descendre à celles qui étaient plus particulières, il s'en est tant présenté à moi de diverses, que je n'ai pas cru qu'il fût possible à l'esprit humain de distinguer les formes ou espèces de corps qui sont sur la terre d'une infinité d'autres qui pourraient y être si c'eût été le vouloir de Dieu de les y mettre, ni par conséquent de les rapporter à notre usage, si ce n'est qu'on vienne au-devant des causes par les effets, et qu'on se serve de plusieurs expériences particulières. [...] Il faut aussi que j'avoue que la puissance de la nature est si ample et si vaste, et que ces principes sont si simples et si généraux, que je ne remarque quasi plus aucun effet particulier que d'abord je ne connaisse qu'il peut en être déduit en plusieurs diverses façons, et que ma plus grande difficulté est d'ordinaire de trouver en laquelle de ces façons il en dépend ; car à cela je ne sais point d'autre expédient que de chercher derechef quelques expériences...
>
> (Sixième partie du *Discours.*)

> Il arrive mille rencontres en travaillant qui ne se peuvent prévoir sur le papier.
>
> (Lettre à Ferrier, 18 juin 1629.)

> Il n'y a point d'expériences qui ne se trouvassent utiles à quelque chose, si on pouvait examiner toute la nature. (Lettre à Mersenne, 9 janvier 1639.)

Le lecteur exercé, et, comme doit être un vrai lecteur, sensible au mode de l'expression autant qu'à la chose exprimée, est saisi d'abord, dans le *Discours,* par l'élan, la charnelle chaleur, la jeunesse joyeuse. Et puis soudain

le ton et le chant s'affaissent : comme si, en abordant son exposé métaphysique, Dieu et le reste, l'auteur lui-même commençait à s'ennuyer, – comme s'il se retirait.

Cette réticence, ses propres mots la déclarent, sous les raisons diverses dont il la couvre, au début de la quatrième partie puis au début de la cinquième.

> Je ne sais si je dois vous entretenir des premières méditations que j'y ai faites ; car elles sont si métaphysiques et peu communes, qu'elles ne seront peut-être pas au goût de tout le monde ; et, toutefois afin qu'on puisse juger si les fondements que j'ai pris sont assez fermes, je me trouve en quelque façon contraint d'en parler.

> Je serais bien aise de poursuivre et de faire voir ici toute la chaîne des autres vérités que j'ai déduites de ces premières ; mais, à cause que pour cet effet il serait maintenant besoin que j'e parlasse de plusieurs questions qui sont en controverse entre les doctes, avec les-

■ *Nature morte aux livres*, par Charles-Emmanuel Bizet d'Annonay. La vie de Descartes est faite de moments d'aventure – le soldat parcourant l'Europe – et de moments de solitude – le philosophe qui, peu de temps encore avant sa mort, avoue qu'« avancer en la recherche de la vérité » reste le « principal bien en cette vie » (à Élisabeth, 9 octobre 1649). (Bourg-en-Bresse, musée de l'Ain.)

quels je ne désire point me brouiller, je crois qu'il sera mieux que je m'en abstienne, et que je dise seulement en général quelles elles sont…

La confession nue se trouve dans une lettre au P. Vatier du 22 février 1638, huit mois après la publication : les pages sur l'existence de Dieu forment sans doute « la pièce la plus importante » du *Discours,* mais, dit Descartes, « j'avoue que c'est la moins élaborée de tout l'ouvrage ; ce qui vient en partie de ce que je ne me suis résolu de l'y joindre que sur la fin, et lorsque le libraire me pressait ». Étonnons-nous donc de cette cadence qui change, et d'un Descartes qui cesse soudain de se montrer selon son droit fil !

La métaphysique, commencement et fondement de toute recherche, étape nécessaire mais préliminaire, ne saurait ni constituer la fin du philosophe, ni demeurer son occupation. Il s'agit d'établir une bonne fois, au départ, qu'on ne perd pas son temps en prétendant user méthodiquement de la pensée ; et ensuite, les arrières assurés, de passer outre. On cite souvent certain passage de la préface des *Principes* :

> Toute la philosophie est comme un arbre, dont les racines sont la métaphysique, le tronc est la physique, et les branches qui sortent de ce tronc sont toutes les autres sciences…

Mais on omet volontiers la suite :

> Or, comme ce n'est pas des racines ni du tronc des arbres qu'on cueille des fruits, mais seulement des extrémités de leurs branches, ainsi la principale utilité de la philosophie dépend de celles de ses parties qu'on ne peut apprendre que les dernières.

Plus loin nous retrouverons Descartes fort attentif, dans l'emploi de son propre temps, à ne donner « que fort peu d'heures, par jour, aux pensées qui occupent l'imagination, et fort peu d'heures, par an, à celles qui occupent l'entendement seul » (lettre à Élisabeth, 28 juin 1643). Il confie à son ami Chanut, le 1er février

1647, que les « pensées métaphysiques […] lassent » son esprit et que « la présence des objets sensibles ne permet pas » qu'il s'« y arrête longtemps ». Et il ne se fatigue pas de conseiller qu'on l'imite en cette hygiène.

À la princesse Élisabeth, le 28 juin 1643 :

> Comme je crois qu'il est très nécessaire d'avoir bien compris, une fois en sa vie, les principes de la métaphysique, à cause que ce sont eux qui nous donnent la connaissance de Dieu et de notre âme, je crois aussi qu'il serait très nuisible d'occuper souvent son entendement à les méditer, à cause qu'il ne pourrait si bien vaquer aux fonctions de l'imagination et des sens ; mais que le meilleur est de se contenter de retenir en sa mémoire et en sa créance les conclusions qu'on a une fois tirées, puis employer le reste du temps qu'on a pour l'étude, aux pensées où l'entendement agit avec l'imagination et les sens.

Il lui rappelle le 6 octobre 1645 que « la constitution de notre nature » est « telle, que notre esprit a besoin de beaucoup de relâche, afin qu'il puisse employer utilement quelques moments en la recherche de la vérité, et qu'il s'assoupirait, au lieu de se polir, s'il s'appliquait trop à l'étude ».

Dans une lettre à Chanut du 26 février 1649, il commente le livre des *Principes* à l'intention de la reine Christine :

> Encore que sa première partie ne soit qu'un abrégé de ce que j'ai écrit en mes *Méditations,* il n'est pas besoin toutefois, pour l'entendre, de s'arrêter à lire ces *Méditations,* à cause que plusieurs les trouvent beaucoup plus difficiles, et j'aurais peur que Sa Majesté ne s'en ennuyât.

Se soucie-t-il – on l'a dit – de ménager la faiblesse d'une tête couronnée ? Si peu, qu'il ne fait cette fois que résumer une sommation qu'il a développée l'année précédente – avec la vivacité d'un homme excédé par les abus du zèle – en causant avec François Burman ; et Burman a noté dans son procès-verbal « qu'il ne faut pas tellement

s'appesantir sur les méditations, ni sur les choses méta-physiques, qu'il ne faut pas non plus les perfectionner par des commentaires ou choses semblables ; beaucoup moins encore, comme certains s'y essaient, les reprendre d'une manière plus profonde que l'auteur ne l'a fait, car il les a traitées d'une manière assez profonde. Mais il suffit d'en avoir pris connaissance une fois d'une manière générale et de se rappeler la conclusion ; autrement l'esprit se détourne trop des choses physiques et sensibles et devient impropre à les considérer : ce qui est pourtant l'occupation la plus souhaitable pour les hommes, parce qu'ils y trouveraient abondamment de l'utilité pour leur vie. L'auteur s'est assez attaché aux choses métaphysiques dans les *Méditations* contre les Sceptiques etc., et il a établi leur certitude de telle manière que les autres n'aient pas à s'y essayer à l'entreprendre ou à se tourmenter longtemps l'esprit en méditant sur ces matières. Il suffit d'avoir pris connaissance du premier livre des *Principes,* où se trouve ce qu'il est nécessaire de savoir de métaphysique pour la physique ».

Laissons donc les techniciens du cartésianisme reprendre Descartes « selon l'ordre des raisons » ; et, plus modestement, essayons de naviguer au plus près de ce Descartes-là qui n'avait jamais peur de trop concéder aux « choses physiques et sensibles », à l'« utilité », à l'« imagination » et, comme il l'écrivait encore à Élisabeth, « au relâche des sens et au repos de l'esprit ». Est-ce l'autre Descartes dont La Fontaine jugeait que les païens eussent fait un dieu ? Peut-être. Cela n'est pas du tout sûr : « ... et qui tient le milieu entre l'homme et l'esprit ». Celui-là, en tout cas, fut simplement Monsieur René Descartes ; et il fut Homme entre les hommes. Certes ce n'est pas là tout Descartes : mais c'est de là certainement que Descartes est parti pour être Descartes. Il n'a pas reçu du ciel, ou du hasard, je ne sais quel état de philosophe : il s'est fait lui-même sage et savant. Disons donc que nous prenons précisément pour objet l'infrastructure sur laquelle il s'est construit. Lui-même la reconnaissait comme telle ; lui-même en soi décrit sans cesse – il suffit,

■ *Le Port de Middleburg* (détail), par Adrian Pietersz Van de Venne. La plupart des biographes ont vu, dans l'engagement militaire de Descartes, un privilège accordé à une famille de vieille noblesse. Or il n'en reste rien : les Descartes n'ont obtenu leurs lettres de chevalerie qu'en 1668, et c'est par choix que René Descartes rejoint, au grand mécontentement de son père, les armées protestantes de Maurice de Nassau, prince d'Orange. (Amsterdam, Rijksmuseum.)

encore une fois, de le lire – le puissant mouvement de la nature, l'individualité reconnue, acceptée, cultivée, la particularité consciente et résolue, et revendiquée, où plongeaient les racines de son universalité. « Descartes par lui-même », donc, est ici un titre qui signifie très littéralement « Portrait de Descartes par lui-même », – puisque les éléments d'un tel portrait existent et qu'il suffit de se donner la peine de les cueillir.

« Nul n'a pensé plus près de soi », dit Alain : « non point ange ; homme, et chargé de matière comme nous, empêché de passions comme nous, et gouvernant ensemble corps et âme selon la situation humaine. » Descartes a confié à Huygens le 10 octobre 1642 qu'il est « du nombre de ceux qui aiment le plus la vie ». Lorsqu'en 1643 un cuistre hollandais l'accuse de débauche et d'aller semant des enfants naturels, il ne s'excuse ni ne s'humilie, il redresse la tête au contraire ; il ne se contente pas de répondre : « *Nuper juvenis fui*, il n'y a pas longtemps que j'étais jeune », il insiste fièrement : « *Et nunc adhuc homo sum,* et aujourd'hui encore je suis homme. » Il revendique la plénitude de sa condition. Un mot de la *Première méditation* sonne ici comme une parabole : « Toutefois j'ai ici à considérer que je suis homme. »

Du chevalier au cavalier

Cet homme, poursuit Alain, « est d'une belle époque, et qui n'a pas encore appris l'obéissance. L'ordre n'est point fait. En toute l'Europe, c'est comme une immense guerre civile où chacun se bat pour son compte ; et même la mathématique ressemble à une guerre de partisans, où les plus habiles essaient quelque botte secrète. Tout homme est d'épée et d'entreprise… »

Le règne solaire approche. Alors les règlements de comptes se poursuivront en tapinois au-dessous des belles surfaces polies et miroitantes du quart de siècle que la postérité éblouie appellera le siècle de Louis XIV. Mais aucun signe n'annonce encore ce prochain éclat ; le passé parle plus fort que l'avenir ; on frissonne au souvenir toujours vif de la sauvage anarchie dont

Montaigne tenait journal. La France, ou ce qui deviendra la France, a peur ; peur d'elle-même. Elle appelle
une poigne. Richelieu puis Mazarin réussissent. Et
cependant on les abhorre. Car tout s'enchevêtre. Les
idées et les mœurs marchent rarement de pair avec les
faits ; demain elles les devanceront peut-être, aujour-
d'hui elles retardent sur eux. L'État moderne, appelé par
la nature des choses, affermit déjà ses fondations que
l'on ne reconnaît encore Richelieu qu'à sa matraque,
Mazarin qu'à ses mouchards.

Et l'individualisme s'exaspère devant les pouvoirs qui
le débordent. Plus tard il saura se rétablir : en attendant,
il se débat, et le siècle engendre désespérément, nous
connaissons cela, ses aventuriers. Descartes se dresse au
centre d'une génération d'aventuriers.

On ne leur donne pas le nom d'aventuriers. Ils n'ont
pas de nom. Ils ne peuvent pas avoir un nom qui leur
soit propre, puisqu'ils relèvent d'une idée de l'homme
ancienne, déjà dépassée par les faits, déjà condamnée.
Ils vont s'éteindre sans héritiers. Bientôt le siècle pour-
chassera les survivants ; Alceste sera refoulé sur l'endroit
écarté où il s'obstinera à son aise dans une conception
périmée de l'homme d'honneur. Les gens de Port-Royal
ne s'épanouissent que dans le vallon malsain qu'ils
appellent voluptueusement leur désert. Descartes aussi
appelle un désert son séjour hollandais : séjour fort
visité et peuplé, mais où la pression sociale – tant que
les théologiens ne s'en mêlent pas – demeure modérée.
Tous ces interdits de séjour de l'ordre nouveau sont les
derniers descendants de la chevalerie.

La chevalerie morte anime encore le rêve. La dimension du chevalier n'a pas encore été remplacée, comme
mesure de l'âme, par celle de l'honnête homme. En
1580 – c'était hier – Montaigne a vu à Meaux des
reliques d'Ogier le Danois, et, maniant un humérus, il
l'a trouvé plus long que son propre bras tout entier :
« *Grandiaque effossis mirabitur ossa sepulcris* », ces
hommes-là étaient d'une autre taille. Flèche brisée dont
la pointe toujours vibrante reste plantée au cœur du

❧ Aqui comiença el Quarto libro del noble z
virtuoso cauallero Amadis de Gaula/hijo del rey Perion/y dela reyna Elise
na:en que trata de sus proezas y grandes hechos de armas que el y otros caua
lleros de su linage hizieron.

■ Page de titre
de *Amadis de Gaula*,
de Garcia Ordoñez
de Montalvo, 1547.
Descartes s'est tout
d'abord passionné
pour les épopées,
il lui est même arrivé
de « jeter les yeux sur
l'*Amadis de Gaule* »,
mais il en a, par
la suite, saisi toute
l'extravagance
qui conduit certains
hommes à mener
une vie semblable
à celle des « paladins
de romans ».
(Paris, BNF.)

XVIIᵉ siècle. Tout ce siècle, avant comme après la date
fatidique de 1660 dont le rayon illumine les faits mais se
réfracte sur le seuil des pensées profondes, continue à
lire des romans de chevalerie : sous leur forme dégradée,
ils lui dispensent les mêmes compensations que nous
trouvons aujourd'hui dans nos romans policiers. Descartes lui-même, qui évoque dans le *Discours* les « extravagances des paladins de nos romans », lisait, ou avait
lu, ces *Amadis* dont La Fontaine reproche à sa femme
d'abuser. Quand de cette mode Furetière tire un sketch
pour le *Roman bourgeois*, c'est toute une société qui, en
désavouant ses propres goûts, les avoue. Le chevalier
désemparé dont le fantôme hante les corridors noc-
turnes de l'âge solaire figure le complexe d'un âge que
ses nouveaux gendarmes bourrent de refoulements.

Les grandes crises, qu'elles soient historiques ou symboliques, ne surviennent guère qu'après Descartes, quand la résistance durcie pousse au paroxysme les forces contrariées. Alors ces forces se montrent plus découvertes, et sous un fort grossissement : par récurrence elles aident à comprendre l'époque dépassée où, jouant plus librement, elles se dévoilaient moins. Ne parlons même pas des formes aberrantes qu'elles prendront lorsque, l'astre au zénith, l'athéisme revêtira le masque grimaçant d'un vice, la pédérastie et la simple ivrognerie se feront démoniaques, les musiques raciniennes et l'ordonnance des parcs s'équilibreront sur le monstrueux grouillement de l'affaire des poisons, envoûtements, avortements, poudres mortelles, messes noires, enfants saignés, conciliabules de maquerelles et de prêtres, de duchesses et d'indicateurs ; lorsque les doctrines de la raison, de l'ordre et de la mesure trahiront (puisque « rendre la lumière suppose d'ombre une morne moitié ») les menaces pressantes de la violence, du passionnel et de tous les excès. Bornons-nous à trois péripéties typiques, et qui demeurent étrangement énigmatiques tant qu'on oublie qu'il arrive aux faits d'être écrits en langage chiffré.

La Fronde. Sur elle on ne nous cache rien, hormis le principal. Toutes les causes qu'on développe ne font pas, ensemble, une seule raison. On décrit par le menu un bouillonnement dont la loi reste inintelligible. Et Retz, capable d'un si extraordinaire jugement politique et d'un regard si extraordinairement perçant, nous résignerons-nous à ne voir en lui que l'agitateur puéril et brouillon auquel on veut le réduire, et que d'ailleurs il était en effet ?

Port-Royal. Une poignée d'hommes terrés dans l'humilité, dans l'abnégation. À peine sait-on leurs noms ; celui de Pascal ne se détachera qu'après sa mort ; inventé par la postérité. Et le rayonnement de ces obscurs offusque celui du roi solaire. Le pouvoir discerne en eux une insupportable irréductibilité. Misérables, ils le tiennent en échec. Il s'acharne, ils s'obstinent. Et la lutte ne cesse de s'aggraver dans une sorte de confusion des langues. Car ce que l'on combat en eux est tout autre chose que ce pour quoi ils croient combattre : c'est ce que le pouvoir (il faudrait aussi écouter sa voix) appelle leur orgueil et leur entêtement. « Puisque les évêques ont des courages de filles, les filles doivent avoir des courages d'évêques, écrit Jacqueline Pascal ; mais si ce n'est pas à nous à défendre la vérité, c'est à nous à mourir pour la vérité... » Détachez ces paroles de leur contexte religieux : vous entendez une sœur de la Grande Mademoiselle. Quelle assurance, et, oui, quel orgueil, que de se compter soi-même parmi ceux « à qui Dieu a confié la vérité » ! Quelle ivresse de la démesure ! – de cette démesure précisément à laquelle Corneille, contemporain de Descartes, avait donné voix avant de se voir ravalé au rang des barbons démodés dont Molière fait rire.

Molière : Dom Juan. Ce débauché, cet athée est un frère, à son tour, des jansénistes. Il joue contre. Contre quoi ? Contre toute entrave. Contre la chaîne conjugale d'abord. Ce qu'aime cet orgueilleux en chaque femme nouvelle, c'est qu'elle ravive en lui le sentiment de soi. « Les inclinations naissantes, après tout, ont des charmes inexplicables, et tout le plaisir de l'amour est dans le changement. » L'heure de l'accord vient menacer son impérieuse solitude : elle sonne en même temps l'obligation de rompre. Contre famille et société, cela va de soi puisqu'il se pose si désespérément comme individu qu'il ne tolère même pas l'unité composée qu'est le couple. Une ganache, le père qu'il bafoue ? Non, mais au contraire toute dignité et toute noblesse, et ennemi par ses vertus, puisqu'il les a asservies à l'ordre nouveau. Contre Dieu. Mais quel Dieu ? le Dieu de Sganarelle : le Dieu des bonnes gens peut-être, mais le Dieu des bien-pensants, des familles, des hommes de l'ordre, de la société, des Jésuites et du roi. Non pas le Dieu de Port-Royal, mais le Dieu des évêques et celui du Commandeur : celui pour qui la raison d'État est monnaie de bon aloi, pour qui le succès fait droit, pour qui la fin justifie

■ *Dom Juan : le défi*, par G. B. Bison. En 1666 est représenté le *Dom Juan* de Molière : ce qui peut rapprocher Descartes du personnage de Molière, c'est ce même refus de la dispute et du syllogisme, bref, de la philosophie comme scolastique. (Trieste, museo civico Revoltella.)

les moyens, celui qui s'imagine que le tonnerre de Zeus peut encore suffire à terroriser un don Juan. Les prodiges avertisseurs se succèdent et se précipitent : pour Dom Juan, ce ne sont que des « tentations ». Parier contre Dieu ? Non, mais contre une certaine image sociale de Dieu, certainement indigne de Dieu. Dieu, s'il existe, dit don Juan, ne saurait user de moyens aussi bas ; et quelle que soit l'étendue des pouvoirs dont il fait étalage, ces pouvoirs-là ne sauraient passer, « aux yeux d'un homme comme moi », pour la véritable puissance divine. Que ceux-là s'y laissent prendre qui confondent nécessité et devoir, Église et religion, rites et foi, règle-

MONSIEUR
RENÉ DESCARTES

ments et morale, société et vérité, autorité et valeur. Ce Dieu qui les étonne lorsqu'il manie sa foudre, ce Dieu qui prétend me convaincre par une parade de foire, qu'est-il au regard de ma propre exigence ? Si loin qu'il me mène et quoi qu'il doive m'en coûter, je sais trop bien, pour me laisser abuser, ce que je dois à moi-même. Le « moi ! » de don Juan : le « moi ! » de Médée, le « moi ! » de Port-Royal, le « moi ! » de tous les prétendus étourdis de la Fronde, le « moi ! » du siècle de Louis XIII. Sous Louis XIV il faut que don Juan soit englouti et Port-Royal rasé tandis que Corneille, soumis, tisonne une vieillesse morose : il n'y a plus d'emploi pour les derniers chevaliers, traqués jusque dans la clandestinité.

La catastrophe de Dom Juan volatilise le mythe de l'homme seul qui, irréductible à la société policée, cherche aventure dans les jungles du vaste monde. Le chevalier du rêve, à l'exemple des chevaliers de l'ancien temps, chassait la brute, le trafiquant d'esclaves, les dragons, les enchantements, les maléfices : pariant pour les faibles contre les puissants, il combattait toute force, au nom de l'honneur chevaleresque. Il faisait volontiers alliance avec Dieu, – pourvu que Dieu et les hommes de Dieu restassent fidèles à Dieu. Il allait chevauchant sur un plan où mots d'ordre ni règlements n'ont de signification. Il était l'image même de l'exigence spirituelle (que l'on n'appelait pas encore orgueil), sans appui, sans aide, sans soutien, sans organisation, sans police, pure de toute compromission, de toute apparence de compromission. Contre tant d'ennemis…, – moi seul, et c'est assez. Individu entièrement *réalisé* dans le tout de l'individu, il était celui qui, sans rien devoir à qui ou à quoi que ce fût, accomplissait cette image idéale de soi que chacun porte au fond de soi.

Il est la formule secrète de l'air que respire Descartes. Il est le révélateur d'une existence errante et toujours consacrée à l'esprit d'aventure, d'une âme impatiente, d'une fuite incessamment renouvelée vers les « déserts » où se dénoue l'obligation sociale, d'une ambition intellectuelle démesurée, d'une pensée délibérément rapportée à l'être qui la forme, d'une conscience qui transcende l'orgueil, d'une sagesse fondée sur la volonté et la générosité. Et puisque le mot *chevalier* se double du mot *cavalier,* il est celui qui redouble la vertu du mot inéluctable de Péguy : « Descartes, dans l'histoire de la pensée, ce sera toujours ce cavalier français qui partit d'un si bon pas. »

VAGABONDAGE MÉTHODIQUE

À la rencontre de la diversité

L'homme que nous avons déjà vu si soucieux d'appuyer sur l'expérience l'exercice de la pensée commençait par faire de sa propre vie une expérience, – une expérience avidement renouvelée d'âge en âge et, d'abord, organisée délibérément. Celui qu'on accuse de déduire le réel de ses principes, ce cavalier errant, au contraire, demandait au dépaysement les mêmes « rencontres » que procure dans l'étude la recherche expérimentale et « qui ne se peuvent prévoir sur le papier » : il recherchait la diversité comme telle.

Ici Montaigne. Descartes, c'est entendu, pourrait l'avoir pour grand-père. Il est d'un autre siècle. Mais, Montaigne mort en 1592, Descartes né en 1596, le siècle qui les sépare est un siècle de quatre ans. Un petit-fils de Descartes qui serait né – gardons le même écart d'âge – vers 1660 ou 1665, c'est-à-dire au moment où le Commandeur donne au chevalier le coup de grâce, se serait trouvé, en arrivant à l'âge d'homme, sur le versant déclinant d'un règne dont son grand-père n'eût pas même approché les premiers contreforts. Il aurait eu déjà derrière lui la grande barrière au-delà de laquelle commence le monde moderne : Descartes, en deçà, reste situé dans l'histoire infiniment plus près de Montaigne. Une même durée ne fait pas le même temps. Ce n'est d'ailleurs qu'en 1635, deux ans avant le *Discours de la méthode*, que Marie de Gournay, exécuteur testamentaire

■ Détail du *Port d'Amsterdam vu de l'Ij*, par Ludolf Backhuyzen. Descartes a passé aux Pays-Bas près de vingt et un ans de sa vie avec seulement trois voyages de quelques mois en France, en 1644, 1647 et 1648. Ce qu'il appréciait, c'était à la fois le climat néerlandais, propice selon lui au travail intellectuel, la douceur de la vie et la prospérité des villes qui le laissaient se consacrer en toute quiétude à l'essentiel : les fondements d'une philosophie nouvelle. (Paris, musée du Louvre.)

de Montaigne, publie, entre toutes ses éditions des *Essais,* celle qui pratiquement fera foi jusque vers le début du XXᵉ siècle. Descartes, il est vrai, semble n'avoir cité qu'une fois Montaigne, dans une lettre à Newcastle, le 23 novembre 1646, pour nier l'entendement qu'il attribue aux bêtes et lui reprocher d'avoir dit avec Charron « qu'il y a plus de différence d'homme à homme, que d'homme à bête ». N'empêche qu'il l'a lu jusqu'à en être imprégné. M. Étienne Gilson l'a montré à propos du *Discours* ; et si on n'a pas encore tiré grand-chose de ses rapprochements, c'est peut-être, suggérait malicieusement Léon Brunschvicg, que les professionnels de la philosophie dédaignent Montaigne comme ceux de la littérature redoutent Descartes. Ces techniciens ne savent pas toujours lire.

Un seul exemple : « On dit communément », écrit Montaigne (II, XVII), « que le plus juste partage que nature nous ait fait de ses grâces, c'est celui du sens : car il n'est aucun qui ne se contente de ce qu'elle lui en a distribué. » Non pas seulement le même thème, mais le même mouvement, le même trait, la même provocation désinvolte que dans la phrase d'attaque du *Discours* :

> Le bon sens est la chose du monde la mieux partagée : car chacun pense en être si bien pourvu, que ceux mêmes qui sont les plus difficiles à contenter en toute autre chose n'ont point coutume d'en désirer plus qu'ils en ont.

Toute la doctrine que professe Descartes sur l'utilité des voyages prolonge, développe, et rappelle, jusque dans le détail, les pages du chapitre « De l'institution des enfants », du chapitre « De la vanité » (et même du *Journal* alors inédit), où Montaigne se montre le Maître du Voyage. Les mots mêmes dont il désigne « le grand livre du monde », il les a trouvés dans les *Essais* : « Ce grand monde, […] je veux que ce soit le livre de mon écolier » (I, XXVI).

> Il est bon de savoir quelque chose des mœurs des divers peuples, afin de juger des nôtres plus sainement,

et que nous ne pensions pas que tout ce qui est contre nos modes soit ridicule et contre raison, ainsi qu'ont coutume de faire ceux qui n'ont rien vu [...].

Sitôt que l'âge me permit de sortir de la sujétion de mes précepteurs, je quittai entièrement l'étude des lettres ; et me résolvant de ne chercher plus d'autre science que celle qui se pourrait trouver en moi-même, ou bien dans le grand livre du monde, j'employai le reste de ma jeunesse à voyager, à voir des cours et des armées, à fréquenter des gens de diverses humeurs et conditions, à recueillir diverses expériences, à m'éprouver moi-même dans les rencontres que la fortune me proposait, et partout à faire telle réflexion sur les choses qui se présentaient que j'en pusse tirer quelque profit. Car il me semblait que je pourrais rencontrer plus de vérité dans les raisonnements que chacun fait touchant les affaires qui lui importent, et dont l'événement le doit punir bientôt après s'il a mal jugé, que dans ceux que fait un homme de lettres dans son cabinet touchant des spéculations qui ne produisent aucun effet, et qui ne lui sont d'autre conséquence sinon que peut-être il en tirera d'autant plus de vanité qu'elles seront plus éloignées du sens commun, à cause qu'il aura dû employer d'autant plus d'esprit et d'artifice à tâcher de les rendre vraisemblables. Et j'avais toujours un extrême désir d'apprendre à distinguer le vrai d'avec le faux, pour voir clair en mes actions et marcher avec assurance en cette vie.

Il est vrai que pendant que je ne faisais que considérer les mœurs des autres hommes, je n'y trouvais guère de quoi m'assurer, et que j'y remarquais quasi autant de diversité que j'avais fait auparavant entre les opinions des philosophes. En sorte que le plus grand profit que j'en retirais était que, voyant plusieurs choses qui, bien qu'elles nous semblent fort extravagantes et ridicules, ne laissent pas d'être communément reçues et approuvées par d'autres grands peuples, j'apprenais à ne rien croire trop fermement de ce qui ne m'avait été persuadé que par l'exemple et par la coutume ; et ainsi je me délivrais peu à peu de beaucoup d'erreurs qui peuvent offusquer notre lumière naturelle et nous rendre moins capables d'entendre raison.

(Première partie du *Discours*.)

Ainsi Montaigne attendait du voyage, c'est-à-dire du dépaysement inlassablement répété, qu'il déroulât devant son regard toute la diversité des êtres, des usages et des opinions, de manière à se faire de l'homme une idée toujours plus purifiée de l'accessoire et de l'occasionnel : et il n'y a rien en l'homme que d'accessoire et d'occasionnel, à y regarder chaque fois d'un peu plus près, sinon ce regard même, – par où l'esprit français se préparait à recevoir le doute méthodique et le *Cogito*.

Après la retraite de l'hiver 1619-1620, et la décision prise de se défaire par système de toutes ses opinions antérieures, Descartes se remit à voyager :

Et en toutes les neuf années suivantes je ne fis autre chose que rouler çà et là dans le monde, tachant d'y être spectateur plutôt qu'acteur en toutes les comédies qui s'y jouent ; et, faisant particulièrement réflexion en chaque matière sur ce qui la pouvait rendre suspecte et nous donner occasion de nous méprendre, je déracinais cependant de mon esprit toutes les erreurs qui s'y étaient pu glisser auparavant. Non que j'imitasse pour cela les sceptiques, qui ne doutent que pour douter et affectent d'être toujours irrésolus, car, au contraire, tout mon dessein ne tendait qu'à m'assurer et à rejeter la terre mouvante et le sable pour trouver le roc ou l'argile. [...] Et, comme en abattant un vieux logis on en réserve ordinairement les démolitions pour servir à en bâtir un nouveau ; ainsi, en détruisant toutes celles de mes opinions que je jugeais être mal fondées, je faisais diverses observations et acquérais plusieurs expériences qui m'ont servi depuis à en établir de plus certaines. [...] Et ainsi, sans vivre d'autre façon en apparence que ceux qui, n'ayant aucun emploi qu'à passer une vie douce et innocente, s'étudient à séparer les plaisirs des vices, et qui, pour jouir de leurs loisirs sans s'ennuyer, usent de tous les divertissements qui sont honnêtes, je ne laissais pas de poursuivre en mon dessein, et de profiter en la connaissance de la vérité, peut-être plus que si je n'eusse fait que lire des livres ou fréquenter des gens de lettres.

(Troisième partie du Discours.)

Six ans sur trente-deux

Descartes a reçu jusqu'en 1614 l'éducation forte, noble et libérale du collège de La Flèche. En 1616 il a terminé, à Poitiers, ses études de droit. Là-dessus on perd sa trace. Déjà son itinéraire s'efface dans une de ces taches de blanc dont tant de terres inconnues marquent sa carte biographique.

Il émerge pour aborder son existence d'homme au printemps de 1618. Il a tout juste vingt-deux ans. Il part pour la Hollande, engagé dans l'armée protestante de Maurice de Nassau. Vingt ans plus tard il fera allusion à « cette chaleur de foie qui (lui) faisait autrefois aimer les

VAGABONDAGE
MÉTHODIQUE

■ *La Tabagie*, dit *Le Corps de garde* (détail), par Mathieu Le Nain, 1643. À la fin de ses études, Descartes choisit d'apprendre le métier des armes et part pour Breda. Ayant bénéficié, au Collège, d'une chambre particulière et d'une grande tranquillité, il supporte mal le « tumulte, l'ignorance et la débauche » militaires (à Pollot, 1648). (Paris, musée du Louvre.)

armes », en ajoutant qu'il ne fait « plus profession que de poltronnerie » (lettre à Mersenne, 9 janvier 1639) : c'est ce qu'on connaît de plus précis sur sa vie militaire. On ne croit pas qu'il ait jamais combattu. La vie de garnison semble l'avoir d'abord ennuyé et assoupi. Il rencontre Isaac Beeckman, un savant, son aîné ; les mathématiques les rapprochent, une grande amitié se déclare, son esprit se réveille et bientôt bouillonne. Mais après un an, il s'en va.

Il s'embarque pour le Danemark, d'où il gagne l'Allemagne en passant peut-être par la Pologne et la Hongrie. Autre période obscure. Dans l'été de 1619, à Francfort, il assiste aux fêtes du couronnement de l'Empereur Ferdinand. Il appartient maintenant – mais on ne sait depuis quand ni pour combien de temps (peu de temps en tout cas) – à l'armée catholique du duc Maximilien de Bavière. Il hiverne aux environs d'Ulm, dans une de ces pièces chauffées par un poêle (et non par une cheminée, à la française) dont Montaigne en voyage avait dégusté le confort quarante ans plus tôt ; il y passe, à la fin de

1619 et au début de 1620 plusieurs mois de solitude, de méditation et d'effervescence tempérés – ou exaltés au contraire – par des entretiens avec des ingénieurs et des mathématiciens d'Ulm ; c'est là que sa pensée s'engage et que se noue son destin. Puis il disparaît ; peut-être parcourt-il la Hongrie, et, en 1621, la Silésie, là Poméranie, la Pologne, le Mecklembourg, etc.

En mars 1622 on le retrouve en France, pour un an et demi, qu'il partage entre la Bretagne et le Poitou d'une part, où sont sa famille et ses intérêts, et Paris. De l'automne 1623 au printemps 1625, l'Italie (et, à ce que l'on croit, selon un itinéraire qui ressemble à celui de Montaigne) ; Venise, avec les épousailles du doge et de la mer ; Lorette, présume-t-on, en pèlerinage, comme Montaigne ; Rome, avec le jubilé du pape Urbain VIII ; Florence, sans Galilée. Retour en France : le voilà fixé pendant trois ans et demi, menant la vie mondaine à laquelle sa naissance l'avait destiné et sa formation préparé et dont on pense qu'il avait déjà goûté de 1616 à 1618. Toutefois, signale Baillet, « il ne s'assujettit pas tellement à la résidence » durant ce séjour à Paris, « qu'il

VAGABONDAGE MÉTHODIQUE

■ *Francfort-sur-le-Main*. Gravure coloriée de Matthäus Merian, 1646. Au commencement de l'hiver 1619-1620, bien après les fêtes du couronnement de l'empereur Ferdinand à Francfort, Descartes cherche un endroit calme pour y travailler. C'est aux environs d'Ulm (peut-être dans la principauté de Neuburg) qu'il s'installe et passe « tout le jour enfermé seul dans un poêle », plein d'enthousiasme et d'ambition, certain de découvrir *seul* les fondements de la science. (Coll. part.)

■ *Cavaliers*. Gravure de Jacques Callot. « Descartes, dans l'histoire de la pensée, ce sera toujours ce cavalier français qui partit d'un si bon pas » (Péguy). (Paris, BNF.)

■ Fresque de Théobald Chartran. Descartes et Pascal se seraient rencontrés à Paris, en 1647 : ont-ils conversé ensemble place Royale ? Descartes, de vingt-sept ans son aîné, a-t-il rendu visite à Pascal, souffrant, comme en témoigne une lettre de Jacqueline Pascal ? Ce qui est certain, c'est qu'il fut question entre eux des variations de la hauteur du mercure et de la pression de l'air. Mais qui le premier eut l'idée de l'expérience que Pascal réalisera un an plus tard, au Puy-de-Dôme ? (Paris, Sorbonne.)

ne se donnât la liberté d'entreprendre de temps en temps des promenades à la campagne, et des voyages même en province ».

Le grand séjour en Hollande commence à l'automne de 1628. Mais là même Descartes ne s'installe que dans le provisoire, à Franeker en 1629, à Amsterdam en 1630, à Deventer en 1632, à Amsterdam en 1633, à Utrecht en 1635, à Leyde en 1636, à Santpoort en 1637, à Leyde en 1640, à Endegeest en 1641, à Egmond du Hoef en 1643, à Egmond enfin en 1644 ; sans compter tous les déplacements occasionnels. Egmond va demeurer domicile jusqu'en 1649 : il aura fallu les atteintes de la cinquantaine non pas pour arrêter mais pour retenir un peu le vagabond.

Les cinq années d'Egmond, que terminera le départ pour la Suède, sont précédées puis interrompues par trois voyages en France, les seuls dont Descartes ait coupé ses vingt et un ans de Hollande. Ne disons pas vingt et un ans d'exil : aucun signe (ou si vite démenti) ne laisse supposer qu'il ait trop regretté la terre natale. Au surplus il ne s'attarde pas : quatre ou cinq mois en 1644, quatre mois encore, ou environ, en 1647, un peu moins en 1648.

Chaque fois il est déterminé, autant qu'on sache, par des raisons de famille et d'intérêts, dont il profite pour visiter à Paris ses amis et les doctes. En 1644 il participe aux discussions sur le vide. En 1647, le 23 et le 24 septembre, il rencontre à deux reprises Pascal, âgé de vingt-quatre ans (lui-même a plus du double), ne s'entend pas trop bien avec lui, et lui conseille la fameuse expérience qui ne sera réalisée au Puy de Dôme qu'un an plus tard. On lui offre une pension (on ne sait s'il en a jamais rien touché, l'affaire demeure obscure); toujours chatouilleux sur sa liberté :

> Ce ne fut point, écrit-il à Huygens, à condition que j'irais demeurer là, ni que je ferais aucune autre chose : on me dit seulement que c'était pour témoigner qu'on avait les personnes de ma sorte en quelque estime. Il est vrai que celui qui m'en porta la parole y ajouta que je devais espérer d'autres avantages si je voulais m'arrêter en France. [Ici apparaît une sorte de repentir, qui n'est sans doute qu'un mouvement d'humeur, et qu'on

■ *Jean Robert, enrôlé à la guerre de Paris. Caricature de la Fronde. Lors d'un voyage en France, en 1648, et après les âpres querelles qui l'ont opposé aux théologiens d'Utrecht, Descartes assiste aux premières barricades de la Fronde : à peine arrivé à Paris, il avoue regretter déjà son « désert » de Hollande. (Paris, BNF.)*

ne reverra plus.] Bien que cela ne me touche pas fort, il me semble pourtant que je serais déraisonnable, si je n'aimais pas mieux être en un pays où je suis né, et où l'on témoigne m'avoir en quelque considération, que de m'arrêter en un autre où je n'ai su en dix-neuf ans obtenir aucun droit de bourgeoisie…

En 1648 il assiste aux premiers mouvements de ce qui sera la Fronde, et il s'inquiète :

Le Parlement, joint avec les autres Cours souveraines, s'assemble maintenant tous les jours, pour délibérer touchant quelques ordres qu'ils prétendent devoir être mis au maniement des finances, et cela se fait à présent avec la permission de la Reine en sorte qu'il y a de l'apparence que l'affaire tirera en longueur, mais il est malaisé de juger ce qui en réussira. […] J'eusse bien fait de me tenir au pays où la paix est déjà ; et si ces orages ne se dissipent bientôt, je me propose de retourner vers Egmond dans six semaines ou deux mois, et de m'y arrêter jusques à ce que le ciel de France soit plus serein. Cependant, me tenant comme je suis, un pied dans un pays et l'autre en un autre, je trouve ma condition très heureuse, en ce qu'elle est libre.

(Lettre à Élisabeth, fin juin ou début juillet.)

Il repart à la fin d'août ; et six mois plus tard, il montrera une blessure encore à vif :

J'étais bien aise de ne rien écrire de mon retour, afin de ne sembler point le reprocher à ceux qui m'avaient appelé. Je les ai considérés comme des amis qui m'avaient convié à dîner chez eux ; et lorsque j'y suis arrivé, j'ai trouvé que leur cuisine était en désordre, et leur marmite renversée ; c'est pourquoi je m'en suis revenu sans dire un mot, afin de n'augmenter point leur fâcherie.

(Lettre à Chanut, 26 février 1649.)

Il a secoué la poussière de ses souliers sur un pays pourri de politique. On ne l'y reverra plus. Un an plus tard il s'embarque pour la Suède, où il meurt après quelques mois.

Récapitulons. Depuis son engagement sous les armes, il a passé en France un an et demi en 1622-1623, trois ans et demi en 1625-1628, un an au total en 1644, 1647 et 1648. Soit six ans sur trente-deux ans, les vingt-six autres années étant données au dépaysement systématique, au vagabondage méthodique, – proprement à l'excentricité.

« Mais il se cache… »

Défaire une existence pour faire une vie. Descartes se refuse à l'établissement, et à tous les avantages et commodités qu'il comporte, parce que s'établir est s'enchaîner. Pas d'attachement : la solitude. C'est la condition de cette liberté qui joue dans sa vie le même rôle que dans sa pensée.

Il s'est fait sauvage, et il était né sociable. « Ni misanthrope ni mélancolique », dit Baillet, qui insiste : « Il porta jusqu'au fond de sa solitude la belle humeur et l'enjouement naturel qu'on avait remarqués en lui, dès sa plus tendre jeunesse. » Chacun le peint ainsi, honnête homme, ouvert, affable. Seulement il ne faut pas qu'on morde sur sa retraite. Recherchant lui-même, dans sa jeunesse, des gens de toutes sortes d'humeurs et conditions, mais ne se laissant point ensuite rechercher par le premier venu, et protégeant sa solitude contre tout empiètement bien sûr, aussi contre toute atteinte même légitime et naturelle apparemment, et contre la réputation, et contre le succès, et contre la simple lumière.

Or tout le siècle va s'employer à récupérer les individus pour les enrégimenter. La société se porte d'elle-même au-devant des vœux du pouvoir. Si Richelieu crée l'Académie, les salons littéraires et les cercles précieux rivalisent avec lui d'esprit contrôleur, et d'autant plus que les femmes s'épanouissent à y retrouver quelque chose de l'antique régime matriarcal. Descartes a fait l'expérience d'une vie mondaine où n'ont manqué ni le bel esprit, ni la galanterie, ni le jeu, ni le duel. Il y a réussi, il y a pris plaisir. Mais il a flairé l'avenir qui se forme, et qui est l'épuration du chevalier. Une première fois il échappe, en sautant à l'autre extrême : ce sont les années du vagabondage éperdu. Puis il revient à la mondanité ; et c'est maintenant qu'on va le voir se détacher vraiment : non plus rompre (ce qui pourrait n'être pas sans remède), mais dénouer.

« S'étant formé, dit Baillet à propos de ces années de Paris où Descartes choisit la solitude, un modèle de conduite sur la manière de vivre que les honnêtes gens du monde ont coutume de se prescrire, il embrassa le genre de vie le plus simple et le plus éloigné de la singularité et de l'affectation qu'il put s'imaginer. Tout était assez commun chez lui en apparence : son meuble et sa table étaient toujours très propres, mais sans superflu. Il était servi d'un petit nombre de valets, il marchait sans train dans les rues. Il était vêtu d'un simple taffetas vert, selon la mode de ces temps-là, ne portant le plumet et l'épée que comme des marques de sa qualité, dont il n'était point libre alors à un gentilhomme de se dispenser. » Il continuait à faire « une revue fort sérieuse sur les occupations diverses qu'ont les hommes en cette vie, pour voir s'il en trouverait quelqu'une à sa bienséance, et qui fût conforme aux dispositions de son esprit » : et cependant « il ne laissait pas de s'affermir insensiblement dans la pensée de ne s'assujettir à aucun emploi ». Il ne se trouvait alors « esclave d'aucune des passions qui rendent les jeunes gens vicieux » : « parfaitement guéri », en revanche, « de l'inclination qu'on lui avait autrefois inspirée pour le jeu, et de l'indifférence pour la perte de son temps » ; et toujours ne songeant qu'à se faire libre.

Logé d'abord, à Paris, chez un ami de son père, Le Vasseur d'Étioles, il s'installa ensuite « pour y vivre plus retiré », dans le faubourg Saint-Germain. Mais il s'y vit bientôt « accablé de visites », et le lieu de sa retraite changé en un rendez-vous de conférences. Il retourna

chez Le Vasseur : la maison devint « une espèce d'Académie », et gens de lettres et libraires le pressaient « de
prendre la plume ».

Excédé, il se réfugia un jour dans quelque autre faubourg, sans avertir personne. Le Vasseur s'inquiétait
lorsqu'il rencontra enfin, par hasard, après cinq ou six
semaines, le valet de chambre de Descartes : « Il l'obli-
gea après beaucoup de résistance de lui découvrir la
demeure de son maître. Le valet […] lui conta toutes
les manières dont son maître se gouvernait dans sa
retraite, et lui dit entre autres choses qu'il avait coutume de le laisser au lit tous les matins lorsqu'il sortait
pour exécuter ses commissions, et qu'il espérait de l'y
retrouver encore à son retour. Il était alors près de onze
heures. Le Vasseur partit aussitôt avec le valet, entra
sans bruit dans la maison : « S'étant glissé contre la
porte de la chambre de M. Descartes, (il) se mit à regarder par le trou de la serrure, et l'aperçut dans son lit, les
fenêtres de la chambre ouvertes, le rideau levé, et le
guéridon avec quelques papiers près du chevet. Il eut la
patience de le considérer pendant un temps considérable, et il vit qu'il se levait à demi-corps de temps en
temps pour écrire, et se recouchait ensuite pour méditer. L'alternative de ces postures dura près d'une demi-
heure à la vue de M. Le Vasseur. M. Descartes s'étant
levé ensuite pour s'habiller, M. Le Vasseur frappa à la
porte de la chambre comme un homme qui ne faisait
que d'arriver et de monter l'escalier… » Descartes « eut
beau regretter la douceur de sa retraite, et chercher les
moyens de réparer la perte de sa liberté : il ne put
détourner le cours de sa mauvaise fortune, et se vit en
peu de jours retombé dans les inconvénients dont il
s'était délivré en se cachant ».

Il entend bien, en Hollande, à partir de 1628, y
échapper tout à fait : désormais, il se défend farouche-
ment.

En 1629, comme il appelle auprès de lui un artisan
opticien, Ferrier (nous le retrouverons plus loin), il le
met en garde :

■ Double page
suivante : *Banquet*,
par Wolfgang
Heimbach, 1640.
Descartes connut
à Paris, dans les
années 1627-1628,
divertissements,
mondanités et
sollicitudes.
Mais c'est dans
l'espoir d'y trouver la
solitude et la liberté
nécessaires à son
œuvre philosophique
qu'il part pour les
Pays-Bas en 1629
et qu'il ne les quittera
que vers la fin
de sa vie. (Vienne,
Kunsthistorisches
Museum.)

> Je vous prie que personne ne sache que je vous ai écrit [...]. Et même si vous venez, vous devez souhaiter que personne n'en sache rien...   (Lettre du 18 juin.)

Le 15 avril 1630, au P. Mersenne, son ami le plus sûr et le plus constant :

> Je ne manquerai de vous faire toujours savoir les lieux où je serai, pourvu, s'il vous plaît, que vous n'en parliez point. [Ici une déclaration d'une netteté parfaite, où l'on voit Descartes se défendre même d'affecter sa propre attitude.] Je ne suis pas si sauvage que je ne sois bien aise, si on pense à moi, qu'on en ait bonne opinion ; mais j'aimerais bien mieux qu'on n'y pensât point du tout. Je crains plus la réputation que je ne la désire, estimant qu'elle diminue toujours en quelque façon la liberté et le loisir de ceux qui l'acquièrent, lesquelles deux choses je possède si parfaitement, et les estime de telle sorte, qu'il n'y a point de monarque au monde qui fût assez riche pour les acheter de moi.

Le *Discours de la méthode* va paraître à Leyde – sans nom d'auteur – en juin 1637. Saumaise raconte dans une lettre du 4 avril y avoir vu Descartes (qu'il a trouvé « fort honnête homme et de bonne compagnie ») : « Il a toujours été en cette ville pendant l'impression de son livre ; mais il se cache et ne se montre que fort rarement. Il vit toujours en ce pays dans quelque petite ville à l'écart. » Soulignons : *mais il se cache.*

Dans le *Discours* même on trouve comme un rappel de la lettre à Mersenne :

> Bien que je n'aime pas la gloire par excès, ou même, si je l'ose dire, que je la haïsse, en tant que je la juge contraire au repos, lequel j'estime sur toutes choses, toutefois aussi je n'ai jamais tâché de cacher mes actions comme des crimes, ni n'ai usé de beaucoup de précautions pour être inconnu ; tant à cause que j'eusse cru me faire tort, qu'à cause que cela m'aurait donné quelque espèce d'inquiétude, qui eût derechef été contraire au parfait repos d'esprit que je cherche.   (Sixième partie.)

Dans l'hiver 1638-1639 il a entrepris un travail « qui ne souffre aucune distraction », et il en avertit Mersenne le 9 janvier :

C'est pourquoi je vous supplie très humblement de me permettre de ne plus écrire jusques à Pâques.

Que Mersenne lui-même écrive, qu'il continue à transmettre en Hollande (c'est une de ses fonctions) le courrier scientifique, mais qu'il n'attende pas de lettres ; et qu'il ne s'inquiète pas, comme il a coutume de faire lorsqu'elles font défaut – ces retraites dans le silence sont donc coutumières aussi :

Je vous promets que, s'il m'arrive [...] quelque chose d'humain, j'aurai soin que vous en soyez incontinent averti, ou par moi ou par d'autres. Et ainsi, pendant que vous n'aurez point de mes nouvelles, vous croirez toujours, s'il vous plaît, que je vis, que je suis sain, que je philosophe [...].

Ses trois voyages en France, en 1644, 1647 et 1648, seront trois expériences de retour, et trois contre-épreuves. On croirait qu'il le prévoyait dans une notation du *Discours,* assez curieusement inexpliquée :

Lorsqu'on emploie trop de temps à voyager, on devient enfin étranger en son pays.   (Première partie.)

Nous avons vu qu'il lui arrive d'abord de se laisser toucher par quelques signes d'intérêt ; mais il en revient vite. Sans parler de raisons peut-être plus secrètes (dont nous reparlerons), c'est « l'air de Paris » qu'il accuse. Dix ans plus tôt déjà, le 17 mai 1638, il avait déclaré à Mersenne que rien n'était plus contraire à ses desseins « que l'air de Paris, à cause d'une infinité de divertissements qui y sont inévitables » ; et maintenant, en mai 1648, à Chanut :

Je crois vous avoir déjà dit autrefois, que cet air me dispose à concevoir des chimères, au lieu de pensées de philosophe. J'y vois tant d'autres personnes qui se trompent en leurs opinions et en leurs calculs, qu'il me semble que c'est une maladie universelle. L'innocence du désert d'où je viens me plaisait beaucoup davantage, et je ne crois pas que je puisse m'empêcher d'y retourner dans peu de temps.

Et encore :

Grâces à Dieu, j'ai achevé (le voyage) qu'on m'avait obligé de faire en France, et je ne suis pas marri d'y être allé, mais je suis encore plus aise d'en être revenu. Je n'y ai vu personne dont il m'ait semblé que la condition fût digne d'envie, et ceux qui y paraissent avec le plus d'éclat m'ont semblé être les plus dignes de pitié. Je n'y pouvais aller en un temps plus avantageux pour me faire bien reconnaître la félicité de la vie tranquille et retirée, et la richesse des plus médiocres fortunes.

(Lettre à Élisabeth, octobre 1648.)

Après plusieurs mois, il n'est encore remis ni de sa déception, ni de l'amertume qu'il ressent à l'égard des amis trop zélés qui, en l'appelant à Paris, l'ont entraîné (par quelles promesses inconsidérées ?) dans une mésaventure cuisante :

Ce qui m'a le plus dégoûté, c'est qu'aucun d'eux n'a témoigné vouloir connaître autre chose de moi que mon visage ; en sorte que j'ai sujet de croire qu'ils me voulaient seulement avoir en France comme un éléphant ou une panthère, à cause de la rareté, et non point pour y être utile à quelque chose.

et cette confidence étrangement désabusée :

Il semble que la fortune est jalouse de ce que je n'ai jamais rien voulu attendre d'elle, et que j'ai tâché de conduire ma vie en telle sorte qu'elle n'eût sur moi aucun pouvoir ; car elle ne manque jamais de me désobliger, sitôt qu'elle en peut avoir quelque occasion.

(Lettre à Chanut, 31 mars 1649.)

On lui connaît deux devises. L'une, prise dans Ovide, « *Bene qui latuit, bene vixit* » (Bon secret, bonne vie), se lit sous le portrait gravé par Edelinck d'après le tableau peint par Frans Hals peu avant le départ de Hollande. « *Bene vixit, bene qui latuit* », citait-il lui-même dès avril 1634 dans une lettre à Mersenne. La seconde, qu'il tira de *Thyeste* de Sénèque le Tragique, figure dans un autographe conservé à la bibliothèque royale de La Haye, sur un « Album amicorum » de Corneille de Montigny de Glarges, où Descartes l'inscrivit le 10 novembre 1644, à Calais, à la fin de son premier voyage en France et au moment de se réembarquer pour la Hollande :

> *Illi mors gravis incubat*
> *Qui, notus nimis omnibus,*
> *Ignotus moritur sibi.*

(La mort n'écrase que ceux qui, trop connus de tous, meurent inconnus de soi.) « *In symbolum amicitiae et observantiae* », ajoutait-il sur l'album, comme s'il avait craint de n'être pas assez deviné. Il répétera les vers de Sénèque le 1ᵉʳ novembre 1646 dans une lettre à Chanut qui est l'une de celles où il se montre le plus désemparé.

■ *Le Louvre et la Seine vus du pont Neuf.* École française du XVIIᵉ siècle. Descartes n'apprécie guère ses séjours en France, mais il avoue qu'avoir « un pied en France et l'autre en Hollande » lui procure une grande liberté. (Paris, musée Carnavalet.)

■ Portrait de
Jean-Louis Guez
de Balzac. Descartes
pensait que les
poètes, par la force
de l'imagination,
faisaient mieux jaillir
ces « semences
de vérité » que nous
portons en nous que
ne peuvent le faire
les philosophes,
au moyen de la
raison. Aussi louait-il
l'élégance et la
« générosité innée »
des vers de son ami
Guez de Balzac.
(Paris, BNF.)

Airs de Hollande et d'Italie

Le nom de Jean-Louis Guez de Balzac n'évoque plus guère pour nous qu'une subtile architecture d'éléments ténus s'entr'épaulant au-dessus du vide. Mais, ne nous en déplaise, Descartes faisait cas de ce Balzac qu'en août 1638 il peint à Huygens comme « si amateur de la liberté que même ses jarretières et ses aiguillettes lui pèsent ».

> J'estimais fort l'éloquence et j'étais amoureux de la poésie, [raconte-t-il, en parlant de sa jeunesse, dans la Première partie du *Discours*], mais je pensais que l'une et l'autre étaient des dons de l'esprit plutôt que des fruits de l'étude.

La poésie : on lira plus loin, dans les *Cogitationes privatae* et dans l'interprétation des songes de 1619, des notations étonnantes sur la connaissance poétique (et toujours Descartes se plaira à citer quelques poètes latins). L'éloquence : c'est, dans l'air et le langage du temps, l'art du prosateur. Et Balzac, pour lui, c'est la Prose elle-même.

Il a vu paraître les *Lettres* de Balzac, les a lues, s'y est plu et l'a dit :

> Elles me causent une si grande satisfaction que, non seulement je ne trouve rien à y reprendre, mais qu'entre tant de choses excellentes, j'ai peine à distinguer celles qu'il convient de louer davantage. [...] Il en est d'elles comme de la beauté chez une femme parfaitement belle, dont on ne peut louer une qualité sans risquer par là d'en accuser d'autres d'imperfection.
>
> (D'après une « dissertation » en latin de 1628.)

Et lorsqu'il écrit à Balzac, il le fait – par jeu ? par émulation ? par mimétisme de déférence ou d'urbanité ? – dans le style même de Balzac. L'imitation, manifeste dans une lettre du 15 avril 1631 qui est un pur exercice de virtuosité, explique aussi le ton de celle où, trois semaines plus tard, le 5 mai, d'Amster-

dam encore, et répondant à ce qu'il a lu, Descartes lui décrit la ville, et l'air de la Hollande,
et Descartes hollandais. Pour qu'il se fît
descriptif – ce qu'il n'est nulle part ailleurs –, il a fallu qu'il s'amusât (merci à
Balzac !) à rivaliser avec Balzac :

> En cette grande ville où je
> suis, n'y ayant aucun homme,
> excepté moi, qui n'exerce la
> marchandise, chacun y est telle-
> ment attentif à son profit, que j'y
> pourrais demeurer toute ma vie
> sans être jamais vu de personne. Je
> me vais promener tous les jours
> parmi la confusion d'un grand peuple,
> avec autant de liberté et de repos que
> vous sauriez faire dans vos allées, et je n'y
> considère pas autrement les hommes que j'y vois,
> que je ferais les arbres qui se rencontrent en vos forêts,
> ou les animaux qui y paissent. Le bruit même de leur
> tracas n'interrompt pas plus mes rêveries, que ferait
> celui de quelque ruisseau. Que si je fais quelquefois
> réflexion sur leurs actions, j'en reçois le même plaisir,
> que vous feriez de voir les paysans qui cultivent vos
> campagnes ; car je vois que tout leur travail sert à
> embellir le lieu de ma demeure, et à faire que je n'y aie
> manque d'aucune chose. Que s'il y a du plaisir à voir
> croître les fruits en vos vergers, et à y être dans l'abon-
> dance jusques aux yeux, pensez-vous qu'il n'y en ait
> pas bien autant, à voir venir ici des vaisseaux, qui nous
> apportent abondamment tout ce que produisent les
> Indes, et tout ce qu'il y a de rare en l'Europe ? Quel
> autre lieu pourrait-on choisir au reste du monde, où
> toutes les commodités de la vie, et toutes les curiosités
> qui peuvent être souhaitées soient si faciles à trouver
> qu'en celui-ci ? Quel autre pays où l'on puisse jouir
> d'une liberté si entière, où l'on puisse dormir avec
> moins d'inquiétude, où il y ait toujours des armées sur

■ Portrait de René
Descartes. Gravure
de Edelinck, d'après
Frans Hals. Sous
cette gravure, mise
en tête de sa *Vie
de M. Descartes*,
Baillet, premier
et célèbre biographe
de Descartes, a fait
inscrire une des
devises latines du
philosophe : « A bien
vécu celui qui s'est
bien caché » (Ovide,
Tristes, III, 84). (Paris,
BNF.)

■ **Double page précédente :**
Le Marché aux fleurs à Amsterdam, par Gerrit Adriaensz Berckheyde. Descartes a usé de nombreux subterfuges pour préserver sa solitude : lieux retirés (encore impossibles à localiser de nos jours), malles laissées chez des amis pour faire croire à un retour prochain... Descartes a compris que son projet de donner à la science des fondements métaphysiques certains réclamait une solitude sans concession : c'est aux Pays-Bas qu'il trouva cette quiétude dont il avait besoin. (Amsterdams Historisch Museum.)

■ *Marché dans le Campo Vaccino à Rome,* par Paul Bril. Est-ce au cours de son voyage en Italie, à Venise peut-être, que Descartes a écouté la musique de Monteverdi dont il dira plus tard qu'elle a le pouvoir d'émouvoir l'âme ? (Paris, musée du Louvre.)

pied exprès pour nous garder, où les empoisonnements, les trahisons les calomnies soient moins connus, et où il soit demeuré plus de reste de l'innocence de nos aïeux ?

(Cette lettre à son tour a suscité les deux « Invitation au voyage » ; de Balzac à Baudelaire, voilà trois siècles d'histoire littéraire court-circuités par Descartes : les cheminements de la création ignorent les itinéraires des cartographes.)

L'auteur du *Discours* se souviendra quelques années plus tard de ces premières impressions, – pour évoquer, cette fois, plutôt que pour dépeindre « un pays où la longue durée de la guerre a fait établir de tels ordres que les armées que l'on y entretient ne semblent servir qu'à faire qu'on y jouisse des fruits de la paix avec d'autant plus de sûreté, et où, parmi la foule d'un grand peuple fort actif et plus soigneux de ses propres affaires que curieux de celles d'autrui, sans manquer d'aucune des commodités qui sont dans les villes les plus fréquentées, j'ai pu vivre aussi solitaire et retiré que dans les déserts les plus écartés » (troisième partie).

De l'Italie, en revanche, Descartes a gardé un souvenir médiocre ; il la débite de ce dont il crédite la Hollande :

> Je ne sais comment vous pouvez tant aimer l'air d'Italie, avec lequel on respire si souvent la peste, et où toujours la chaleur du jour est insupportable, la fraîcheur du soir malsaine et où l'obscurité de la nuit couvre des larcins et des meurtres. Que si vous craignez les hivers du septentrion, dites-moi quelles ombres, quel éventail, quelles fontaines vous pourraient si bien préserver à Rome des incommodités de la chaleur, comme un poêle et un grand feu vous exempteront ici d'avoir froid. (Même lettre à Balzac du 5 mai 1631.)

> Votre voyage d'Italie me donne de l'inquiétude, car c'est un pays fort malsain pour les Français ; surtout il y faut manger peu, car les viandes de là nourrissent trop ; il est vrai que cela n'est pas tant considérable pour ceux

de votre profession. Je prie Dieu que vous en puissiez
retourner heureusement. Pour moi, sans la crainte des
maladies que cause la chaleur de l'air, j'aurais passé en
Italie tout le temps que j'ai passé en ces quartiers [...] ;
mais je n'aurais peut-être pas vécu si sain que j'ai fait.
(Lettre à Mersenne, 13 novembre 1639.)

« Si je désire une eau d'Europe… »

Du retour en France au départ pour Stockholm, de septembre 1648 à septembre 1649, une année de confusion ; et toutes les apparences du désarroi.

Peut-être Descartes n'est-il pas alors l'homme désemparé et traqué que donnent à imaginer ses lettres. Peut-être ne faudrait-il y voir que des mouvements et moments d'humeur, non pas un sentiment profond, non pas un état permanent. Mais jamais aussi il n'a tant concédé à l'humeur, ni aussi souvent. Peut-être demeurait-il, au-dessus de ces troubles, maître de sa sérénité. Mais peut-être aussi sentait-il s'effondrer sous lui cette liberté qui était la seule chose sur quoi il eût jamais fait fond ; peut-être vraiment perdait-il pied. Et peut-être, à l'idée de quelque grand changement dont à la fois il s'efforçait et redoutait d'accepter l'idée, entrait-il en effroi.

Il est revenu de France, c'est son mot, « dégoûté ». Ce qu'il avait autrefois méprisé par volonté est devenu méprisable en fait ; il n'est plus libre de choisir de faire retraite, puisqu'il n'est plus libre d'y renoncer : la France, désormais irrespirable, se ferme à lui, – l'expulse. Et le voilà par contrecoup, lui vagabond, attaché à Egmond.

> Bien que rien ne m'attache à ce lieu, sinon que je n'en connais point d'autre où je puisse être mieux, je me vois néanmoins en grand hasard d'y passer le reste de mes jours ; car j'ai peur que nos orages de France ne soient pas sitôt apaisés.   (Lettre à Chanut, 26 février 1649.)

La cinquantaine passée, on ne retrouve maintenant rien en lui de cette « humeur avide des choses nouvelles et inconnues » que Montaigne professait encore au même âge et qui avait donné à sa propre jeunesse tant de mordant.

> Je deviens de jour à autre plus paresseux, en sorte qu'il serait difficile que je pusse derechef me résoudre à souffrir l'incommodité d'un voyage.
> (Même lettre à Chanut du 26 février 1649.)

Chanut, au nom de la reine Christine auprès de qui il représente le roi de France, l'appelle en Suède : les aventures de sa jeunesse se tournent en mésaventure. Car ce n'est plus lui qui choisit de partir : on le convoque. Si cet épisode demeure si obscur, c'est que toutes sortes de forces divergentes s'y entremêlent. Nous en retrouverons plusieurs, estime pour l'esprit de Christine, gratitude pour l'occasion qu'elle lui apporte, comme Élisabeth et après elle, de retrouver sous une forme nouvelle la joie de s'exprimer, espoir d'un grand rôle à jouer : ce sont les forces heureuses. Cependant il voit sa solitude attaquée, son indépendance menacée : durant plusieurs mois il va se débattre, tergiverser, s'efforcer de se dérober ou au moins de différer. Il allègue désespérément une humeur devenue casanière ; et il s'inquiète en mesurant tout ce que l'autorité et l'inconstance d'une reine pourront contre sa liberté.

> J'ai tant de vénération pour les hautes et rares qualités de cette princesse, [écrit-il à Chanut le 31 mars – il sait que Christine lira la lettre –] que les moindres de ses volontés sont des commandements très absolus à mon égard : c'est pourquoi je ne mets point ce voyage en délibération, je me résous seulement à obéir.

Quel élan ! On lui a parlé d'une « promenade » dont il pourrait être rentré dès le prochain été ; il temporise et propose plutôt l'hiver 1649-1650 :

> De quoi je tirerai un avantage, que j'avoue être considérable à un homme qui n'est plus jeune, et qu'une retraite de vingt ans a entièrement désaccoutumé de la fatigue ; c'est qu'il ne sera point nécessaire que je me mette en chemin au commencement du printemps, ni à la fin de l'automne, et que je pourrai prendre la saison la plus sûre et la plus commode, qui sera, je crois, vers le milieu de l'été.

Il est plus brutal, le même jour, dans une seconde lettre destinée cette fois à Chanut seul :

L'expérience m'a enseigné que, même entre les personnes de très bon esprit, et qui ont un grand désir de savoir, il n'y en a que fort peu qui se puissent donner le loisir d'entrer en mes pensées, en sorte que je n'ai pas sujet de l'espérer d'une Reine, qui a une infinité d'autres occupations. L'expérience m'a aussi enseigné que, bien que mes opinions surprennent d'abord, à cause qu'elles sont fort différentes des vulgaires, toutefois, après qu'on les a comprises, on les trouve si simples, et si conformes au sens commun, qu'on cesse entièrement de les admirer et par même moyen d'en faire cas, à cause que le naturel des hommes est tel, qu'ils n'estiment que les choses qui leur laissent de l'admiration et qu'ils ne possèdent pas tout à fait. [...] Bien que je ne désire rien tant que de communiquer ouvertement et gratuitement à un chacun tout le peu que je pense savoir, je ne rencontre presque personne qui le daigne apprendre. Mais je vois que ceux qui se vantent d'avoir des secrets, par exemple en la chimie ou en l'astrologie judiciaire, ne manquent jamais, tant ignorants et impertinents qu'ils puissent être, de trouver des curieux, qui achètent bien cher leurs impostures. [...] Les mauvais succès de tous les voyages que j'ai faits depuis vingt ans me font craindre qu'il ne me reste plus pour celui-ci, que de trouver en chemin des voleurs qui me dépouillent, ou un naufrage qui m'ôte la vie. Toutefois cela ne me retiendra pas, si vous jugez que cette incomparable Reine continue dans le désir d'examiner mes opinions, et qu'elle en puisse prendre le loisir ; je serai ravi d'être si heureux que de lui pouvoir rendre service. Mais, si cela n'est pas, et qu'elle ait seulement eu quelque curiosité qui lui soit maintenant passée, je vous supplie et vous conjure de faire en sorte que, sans lui déplaire, je puisse être dispensé de ce voyage.

Cependant l'impétueuse Christine lui avait déjà dépêché l'amiral Flemming en personne. L'amiral vint à Egmond se mettre aux ordres du philosophe, « ajoutant, dit Baillet, qu'il prendrait sa commodité, et qu'il ferait attendre le vaisseau autant qu'il le jugerait à propos ».

Le philosophe renvoya l'amiral, donnant pour raison qu'il n'avait pas reçu les derniers commandements de la reine. Flemming, d'ailleurs, ne s'était fait connaître que comme un simple officier de la flotte suédoise, il avait devancé la lettre qui l'annonçait : Descartes sut très bien jouer du malentendu pour déjouer la désinvolture avec laquelle on disposait de son consentement.

Quitte à s'en excuser. Ce qu'il fit le 23 avril, le jour même où il avouait à Brasset, secrétaire de notre ambassade à La Haye, son désenchantement :

> On n'a point trouvé étrange qu'Ulysse ait quitté les îles enchantées de Calypso et de Circé, où il pouvait jouir de toutes les voluptés imaginables, et qu'il ait aussi méprisé le chant des Sirènes, pour aller habiter un pays pierreux et infertile, d'autant que c'était le lieu de sa naissance. Mais j'avoue qu'un homme qui est né dans les jardins de la Touraine, et qui est maintenant en une terre, où, s'il n'y a pas tant de miel qu'en celle que Dieu avait promise aux Israélites, il est croyable qu'il y a plus de lait, ne peut pas si facilement se résoudre à la quitter pour aller vivre au pays des ours, entre des rochers et des glaces.

Quelques semaines de répit. Chanut, rentrant en France pour quelques mois, est passé par Egmond :

> M. Chanut vous sera témoin, [écrit Descartes en juin à Freinsheim, bibliothécaire de la reine] qu'avant qu'il fût arrivé ici, j'avais préparé mon petit équipage, et tâché de vaincre toutes les difficultés qui se présentent à un homme de ma sorte et de mon âge, lorsqu'il doit quitter sa demeure ordinaire pour s'engager à un si long chemin.

Comme il se justifie ! Mais voici aussitôt de nouvelles objections :

> N'ayant pu me préparer à ce voyage sans que plusieurs aient su que j'avais l'intention de le faire, et ayant quantité d'ennemis, non point, grâce à Dieu, à cause de ma personne, mais en qualité d'auteur d'une nouvelle philosophie, je ne doute point que quelques-uns n'aient écrit en Suède, pour tâcher de m'y décrier. Il est

VAGABONDAGE
MÉTHODIQUE

■ *Paysage d'hiver*, par Valckenborch. Descartes avoue dans la toute dernière lettre que nous ayons de lui, ne pas être « dans son élément » en cette Suède où « les pensées gèlent aussi bien que les eaux » (à Brégy, 15 janvier 1650). (Vienne, Kunsthistorisches Museum.)

vrai que je ne crains pas que les calomnies aient aucun pouvoir sur l'esprit de Sa Majesté, parce que je sais qu'elle est très sage et très clairvoyante ; mais, à cause que les Souverains ont grand intérêt d'éviter jusques aux moindres occasions que leurs sujets peuvent prendre pour désapprouver leurs actions, je serais extrêmement marri que ma présence servît de sujet à la médisance de ceux qui pourraient avoir envie de dire qu'elle est trop assidue à l'étude, ou bien qu'elle reçoit auprès de soi des personnes d'une autre religion, ou choses semblables ; et bien que je désire extrêmement l'honneur de m'aller offrir à Sa Majesté, je souhaite plutôt de mourir dans le voyage, que d'arriver là pour servir de prétexte à des discours qui lui puissent être tant soit peu préjudiciables.

Enfin, au début de septembre, il faut partir. Descartes auparavant fait ses visites d'adieu, « avec une coiffure à boucles, des souliers aboutissant en croissant, et des gants garnis de neige », raconte malignement Brasset, qui ajoute que Stockholm allait voir débarquer « un courtisan tout chaussé et tout vêtu ». Belle sottise. Nous reviendrons plus tard à ce prétendu courtisan, si bien défendu contre la courtisanerie. Retenons plutôt la remarque de Baillet, qu'il se trouva alors « dans un je ne sais quel pressentiment de sa destinée, qui le porta à régler toutes ses affaires comme s'il eût été question de faire le voyage de l'autre monde ». Et en effet.

Mesures
de Démesure

Avec masque ou sans masque ?

Les historiens de la littérature, qui se paient de mots volontiers, font un usage déroutant, à propos du XVIIe siècle, du mot *raison* et du mot *mesure* ; et ils embarquent dans leurs inconséquences ce Descartes si démesurément rebelle aux entraves, si déraisonnablement rétif à l'autorité. Mais Proust, qui sait, lui, ce dont il s'agit : « Pour parler de la mesure d'une façon entièrement adéquate, la mesure ne suffit pas et il faut certains mérites d'écrivain qui supposent une exaltation peu mesurée. »

Si la « mesure » des classiques est une mesure cartésienne, c'est une mesure fondée, comme l'est nécessairement la mesure, sur une démesure. On ne cesse pas, après tant d'années, de revenir au livre de M. Maxime Leroy, *Descartes le philosophe au masque* (1929), que chacun cependant déclare insoutenable : tout le détail en demeure discutable, l'ensemble même se défend malaisément, mais le livre garde le mérite d'avoir seul – en poursuivant un autre but – mis en lumière chez Descartes ce caractère essentiel de la démesure, laquelle se manifeste d'abord et se mesure en lui par d'étranges énigmes.

Quant au masque... Il y a bien, dans les *Cogitationes privatae*, la fameuse phrase :

> De même que les comédiens, attentifs à couvrir le rouge qui leur monte au front, se vêtent de leur rôle, de même, au moment de monter sur la scène de ce

■ *La Femme au masque,* par Laurent Lippi. Comment concilier la générosité, cette ferme résolution dont parle Descartes, avec son usage du masque ? Sans doute parce que Descartes a toujours cherché à éviter les controverses et n'a jamais pratiqué cet « art de la calomnie », qui finit par faire de la philosophie un champ de bataille, déserté par la vérité et le « bon sens ». (Angers, musée des Beaux-Arts.)

monde, où je me suis tenu jusqu'ici en spectateur, je marche masqué *(larvatus prodeo)*.

Mais il y a aussi la lettre à Élisabeth, de janvier 1646 :

> Il est vrai qu'on perd quelquefois sa peine en bien faisant, et au contraire qu'on gagne à mal faire ; mais cela ne peut changer la règle de la prudence, laquelle ne se rapporte qu'aux choses qui arrivent le plus souvent. Et pour moi, la maxime que j'ai le plus observée en toute la conduite de ma vie, a été de suivre seulement le grand chemin, et de croire que la principale finesse est de ne vouloir point du tout user de finesse. Les lois communes de la société, lesquelles tendent toutes à se faire du bien les uns aux autres, ou du moins à ne se point faire de mal, sont, ce me semble, si bien établies, que quiconque les suit franchement, sans aucune dissimulation ni artifice, mène une vie beaucoup plus heureuse et plus assurée, que ceux qui cherchent leur utilité par d'autres voies, lesquels, à la vérité, réussissent quelquefois par l'ignorance des autres hommes, et par la faveur de la fortune ; mais il arrive bien plus souvent qu'ils y manquent, et que, pensant s'établir, ils se ruinent. C'est avec cette ingénuité et cette franchise, laquelle je fais profession d'observer en toutes mes actions, que je fais aussi particulièrement profession d'être [etc.].

Avouons qu'il n'est question ici que de savoir s'il convient de servir autrui ou de se servir d'autrui dans la conduite ordinaire de la vie. Et cependant cette profession d'ingénuité et de franchise ne saurait s'accorder avec le parti pris de dissimulation, de « réticence mentale » et de manœuvre que propose M. Maxime Leroy comme clé de toutes les énigmes de la vie de Descartes. Or il n'y a aucune raison de ne pas croire Descartes. Le mot de l'épître dédicatoire des *Principes*, où il se présente en « homme qui n'écrit que ce qu'il croit », pourrait être une clause de style ; mais le ton de ses lettres à Élisabeth ne comporte pas le mensonge. Il y a toutes raisons, s'agissant de lui, de le croire absolument.

Prudent sans doute, non pas menteur ; réservé s'il le faut, non pas tortueux ; discret plutôt que secret, et caché plutôt que masqué. Au « *Larvatus prodeo* » donnons un sens plein, certes, mais direct et non pas ésotérique (« *Larvatae nunc scientiae sunt* », dit une autre des *Cogitationes,* où il est certain que *larvatae* ne veut pas dire « occultées »). M. Maxime Leroy se plaît à charger de sous-entendus toutes sortes de phrases piquées çà et là dans les œuvres et les lettres de Descartes, puis à réunir tous ces sous-entendus en un montage où il nous faudrait reconnaître la figure démasquée de son philosophe au masque. Non, Descartes ne résout pas l'énigme par l'astuce, où le cherche M. Maxime Leroy ; il ne la voile pas par quelque ruse ; il la surmonte par cette générosité du Héros qui est son ultime réplique et qu'Alain définissait comme une ferme résolution de ne jamais manquer de libre arbitre. Ce que l'énigme perd en agencement de combines, elle le gagne en valeur de spiritualité –, et, finalement, en difficulté : mais en cette « difficulté d'être » dont le spectacle du génie nous inspire le sentiment.

M. Maxime Leroy se demande, par exemple, si Descartes, « catholique dans ses déclarations », n'aurait pas été, « à part soi, Rose-Croix, déiste et même athée, ou, peut-être, discrètement, protestant, par bienséance sociale ». Le fait est que Descartes a été lié, et fort étroitement, avec toutes sortes de protestants et même de libertins résolument athées ; M. Maxime Leroy a raison d'insister sur ces relations, qu'on a coutume de traiter légèrement, et sur le baptême protestant de la petite Francine, et sur la curieuse lettre à Élisabeth de janvier 1646, pour la consoler de la conversion de son frère au catholicisme, « que la plus grande part du monde trouvera bonne, et que plusieurs fortes raisons peuvent rendre excusable envers les autres. Car tous ceux de la religion dont je suis (qui font, sans doute, le plus grand nombre dans l'Europe), sont obligés de l'approuver, encore même qu'ils y vissent des circonstances et des motifs apparents qui fussent blâmables […]. Pour ce qui regarde la prudence du siècle, il est vrai que ceux qui ont la fortune chez eux, ont raison de demeurer tous autour d'elle, et de joindre leurs forces ensemble pour empêcher qu'elle n'échappe ; mais ceux de la maison desquels elle est fugitive, ne font, ce me semble, point mal de s'accorder à suivre divers chemins, afin que, s'ils ne la peuvent trouver tous, il y en ait au moins quelqu'un qui la rencontre ».

Il est exact encore qu'il haïssait et redoutait les théologiens. « ... Elle ne s'occupe plus qu'aux controverses de la théologie, ce qui lui fait perdre la conversation de tous les honnêtes gens », écrit-il le 11 novembre 1640 d'une femme savante qui avait été de ses amies, et, notons-le, à Mersenne, homme d'Église. Dès le *Discours* il se montrait envers eux fort circonspect. Plus tard, et à maintes reprises, il se défendra d'écrire sa Morale sur la crainte qu'il a d'eux :

> Puisqu'un Père Bourdin a cru avoir assez de sujet, pour m'accuser d'être sceptique, de ce que j'ai réfuté les sceptiques ; et qu'un ministre a entrepris de persuader que j'étais athée, sans en alléguer d'autre raison, sinon que j'ai tâché de prouver l'existence de Dieu ; que ne diraient-ils point, si j'entreprenais d'examiner quelle est la juste valeur de toutes les choses qu'on peut désirer ou craindre ; quel sera l'état de l'âme après la mort ; jusques où nous devons aimer la vie ; et quels nous devons être, pour n'avoir aucun sujet d'en craindre la perte ? J'aurais beau n'avoir que les opinions les plus conformes à la religion, et les plus utiles au bien de l'État, qui puissent être, ils ne laisseraient pas de me vouloir faire accroire que j'en aurais de contraires à l'un et à l'autre.   (Lettre à Chanut, 1er novembre 1646.)

C'est qu'il ne faut pas confondre les théologiens avec l'Église elle-même, ni une Sorbonne, qu'elle soit de Paris ou d'Utrecht, avec un concile : les théologiens, au plus haut de leur puissance, ne représentent encore que l'équivalent d'un Parti dans l'État, d'un parti plus fort par la force que par le droit.

En face d'eux Descartes a pris ses exactes distances dans son entretien du 16 avril 1648 avec Burman, entretien privé, dont le texte n'a été publié qu'après deux siècles et demi, en 1896, grâce au soin qu'avait eu Burman d'en dresser pour lui-même procès-verbal : donc, rien d'une interview et nulle précaution de prudence.

Assurément, [lui déclara-t-il] la théologie ne doit pas être soumise aux raisonnements dont nous usons pour les mathématiques et les autres vérités, parce que nous n'avons pas prise sur elle ; et plus simple nous la gardons, meilleure elle est. Si l'auteur savait que quelqu'un dût jamais étendre à la théologie des raisonnements tirés de sa philosophie, et abuser de sa philosophie d'une telle manière, il regretterait sa peine. Nous pouvons, à la vérité, et nous devons démontrer que les vérités théologiques ne s'opposent pas aux vérités philosophiques, mais nous ne devons en aucune manière les critiquer. C'est ainsi que les moines ont donné naissance à toutes les sectes et à toutes les hérésies, par leur théologie, c'est-à-dire par leur scolastique qu'il faudrait détruire avant tout. Et quel besoin d'un si grand effort, quand nous voyons des simples et des rustiques pouvoir gagner le ciel aussi bien que nous. Cela certes devrait nous avertir que mieux vaut de beaucoup avoir une théologie aussi simple que la leur, que de la tourmenter par de nombreuses controverses, de la gâter par ce moyen, et de donner naissance à des disputes, à des querelles, à des guerres, etc., étant donné surtout que les théologiens y ont pris l'habitude de prêter toutes les opinions aux théologiens du parti adverse, de les calomnier, au point de se rendre l'art de la calomnie si familier, qu'ils peuvent à peine faire autrement que de calomnier, même à leur insu.

■ Portrait de Burman. Dans son entretien avec Burman du 16 avril 1648, Descartes montre que ce n'est pas de la philosophie, mais de la théologie, c'est-à-dire de la controverse permanente au sujet des vérités de la foi, que naît l'hérésie. (Paris, BNF.)

Il nous faut donc admettre, « quand nous voyons des simples et des rustiques pouvoir gagner le ciel aussi bien que nous », que Descartes découvrait sa pensée le plus simplement du monde lorsqu'il affirmait – il l'a fait plusieurs fois – être de la religion de son roi et de sa nourrice, ou lorsqu'il disait dans le *Discours* – autres termes, même idée – avoir pour maxime « d'obéir aux lois et aux coutumes de (son) pays, retenant constamment la religion en laquelle Dieu (lui avait) fait la grâce d'être instruit dès (son) enfance ». On a beau jeu de s'étonner de voir ainsi la déférence à l'ordre social compter plus, pour un croyant, que la vérité de sa foi. Mais quoi ? C'est ainsi. À nous de nous en accommoder. Solution trop

■ *Allégorie chrétienne,* de Jan Provost. Alors qu'il refusait de se mêler de controverses théologiques, Descartes est accusé d'athéisme par les théologiens d'Utrecht : on reproche à l'auteur des *Méditations* un doute excessif, propre à miner les vérités de la foi. Cependant, le doute ne visait qu'à prouver que, sans Dieu, nous n'avons aucune certitude, pas même celle du 2 et 2 sont 4, si chère aux athées et aux libertins. (Paris, musée du Louvre.)

facile, finalement, que l'hypothèse d'un masque. Il est plus honnête, plus fécond, plus juste d'accepter l'étrangeté toute nue : énigmatique sans doute, mais aussi tout à fait pure de je ne sais quel compromis, qui ne fût pas allé sans hypocrisie. Hypocrite et généreux ensemble ? Impossible.

D'ailleurs beaucoup de ces prétendues antinomies s'apaiseraient d'elles-mêmes si nous connaissions mieux les circonstances historiques et sociales parmi lesquelles nous allons abusivement les prélever. En fait, l'Église ou du moins la pratique religieuse ne connaissaient pas encore les incompatibilités que nous nous mêlons d'opposer à Descartes. Descartes s'y trouvait à son aise, – tout comme Montaigne. Avons-nous, devant eux, à donner des leçons, ou à en recevoir ? Nous avons l'habitude de juger de ces choses de la manière la plus sotte. Nous nous faisons une certaine idée de la conduite qu'il serait convenable de tenir, et nous feignons l'indignation à l'égard de quiconque reconnaît naïvement une réalité différente de nos préjugés. La pratique religieuse, et, par suite, la foi se déterminent plus souvent, et plus justement peut-être, sur l'exemple de la nourrice et du roi que par les preuves. Nous faisons grief à Descartes de le dire avec simplicité : mais serait-il plus respectable, ou moins respectable, s'il avait prétendu s'être convaincu par des preuves qui depuis plus de trois siècles n'ont pas encore réussi à rien trancher ? Il niait une négation – ce qui n'est pas affirmer –, il montrait qu'il n'était pas nécessairement absurde d'essayer d'être raisonnable : il nous paraît puéril, c'est nous qui nous guindons. « Ce qui nous manque pour comprendre Descartes, dit Alain, c'est l'intelligence. » Essayons du moins de reconnaître quelques contours de ses énigmes.

La recherche de l'Absolu

Cette affaire si complexe semble s'être un peu clarifiée naguère, grâce à M. Paul Arnold et à son *Histoire des Rose-Croix* (1955). Sur la fraternité Rose-Croix, c'est, semble-t-il, le premier ouvrage documenté et critique.

Jusqu'ici on ne pouvait guère raisonner que sur des rumeurs où le pamphlet, la mystification, l'invention romanesque et une dose minime d'historicité confondaient au hasard leurs effets. Indubitablement le chemin de Descartes l'avait conduit du côté de ces terres inconnues ; mais il n'y avait pas à en dire davantage, sinon par hypothèse. M. Paul Arnold nous apporte enfin mieux que des vraisemblances ; et il se trouve confirmer une fois de plus le pauvre Baillet, toujours suspecté à cause de ses *Vies de saints,* et pourtant acquitté à chaque procès. En réduisant l'affaire à ses modestes proportions. mais en lui rendant ses justes proportions, il en redouble l'importance.

En 1619 Descartes quitte la Hollande pour mener en Allemagne ses mystérieuses randonnées. Or, durant dix années réparties de part et d'autre de cette date, toute l'Europe, et particulièrement l'Allemagne et la France, ne parle que des Rose-Croix. À l'origine de cette effervescence se trouvent des manifestes rosicruciens dont on a cru longtemps qu'ils dévoilaient (ou rénovaient) une tradition ancienne : M. Paul Arnold pense avoir démontré que cette tradition n'existait pas, que les lecteurs des manifestes sont uniformément tombés dans le piège qu'on leur tendait, enfin que toute cette littérature donnait simplement une forme symbolique et parabolique – mythification plus encore que mystification – à une entreprise de renouvellement spirituel. Quoi qu'il en soit, c'est ce climat d'effervescence que Descartes trouva – et peut-être venait chercher – en Allemagne.

Dans cette soudaine résurgence du mysticisme ésotérique, on voit rejaillir ensemble toutes les tendances. À celles qui venaient des profondeurs du Moyen Âge, prétendaient se rattacher aux plus antiques prophètes et initiés de la Tradition et avaient déjà, pour la plupart, conflué en Paracelse, aux sources les plus hautes de l'ascétisme mystique et de l'illumination se mêlent aussi la magie, la sorcellerie, un satanisme élémentaire. Ne nous étonnons pas : la chimie, dans le langage, ne se distinguait pas encore de l'alchimie, la médecine se dégageait mal de l'occultisme, la mathématique était deux fois Science des nombres. En somme, un des périodiques réveils de la Recherche de l'Absolu, – de cette forme de l'aspiration spirituelle à laquelle le cartésianisme apparaît d'habitude comme essentiellement opposé.

Or Descartes, en Allemagne, s'intéressa à ce mouvement, et s'y intéressa passionnément. Passionnément : il était encore en proie à la « chaleur de foie » qui l'avait

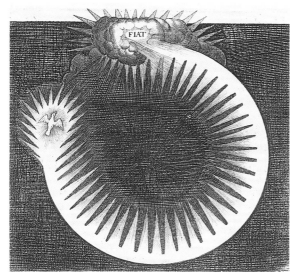

■ Robert Fludd. Illustration pour la *Philosophia sacra et vere christiana sive meteorologia cosmica,* 1626. C'est sans doute au cours de son séjour en Allemagne que Descartes s'intéressa à la Fraternité de la Rose-Croix, et il fut, de son vivant même, accusé d'y avoir appartenu. (Paris, BNF.)

jeté à l'armée, et Baillet, à propos de cette époque de sa vie, parle des « violentes agitations » de son esprit, de la « contention continuelle où il le tenait », du « feu » qui certain jour « lui prit au cerveau », enfin d'« une espèce d'enthousiasme » : dispositions qui expliquent peut-être, par une réaction de défense et un effet renversé, le soin qu'il prendra plus tard de maintenir son esprit en détente et de cultiver par système la nonchalance ou, comme il dira, la « langueur ». C'est le fameux hiver 1619-1620, dans la région d'Ulm. Suivons Baillet, le pieux Baillet qui ne dissimule pas ces égarements de la curiosité.

« La solitude de M. Descartes pendant cet hiver [...] ne donnait point l'exclusion de sa chambre aux curieux, qui savaient parler de sciences, ou de nouvelles de littérature.

« Ce fut dans les conversations de ces derniers qu'il entendit parler d'une confrérie de savants, établie en Allemagne depuis quelque temps sous le nom de "Frères de la Rose-Croix". On lui en fit des éloges surprenants. On lui fit entendre que c'étaient des gens qui savaient tout, et qu'ils promettaient aux hommes une nouvelle sagesse, c'est-à-dire, la véritable science qui n'avait pas encore été découverte. M. Descartes, joignant toutes les choses extraordinaires que les particuliers lui en apprenaient, avec le bruit que cette nouvelle société faisait par toute l'Allemagne, se sentit ébranlé », d'autant plus « que la nouvelle lui en était venue dans le temps de son plus grand embarras touchant les moyens qu'il devait prendre pour la recherche de la vérité.

« [...] Il se mit donc en devoir de rechercher quelqu'un de ces nouveaux savants, afin de pouvoir les connaître par lui-même, et de conférer avec eux. » Mais comme l'un des articles de leurs statuts était « de ne point paraître ce qu'ils étaient devant le monde, de marcher en public vêtus comme les autres, de ne se découvrir ni dans leurs discours, ni dans aucune de leurs

■ *Vue d'Ulm.*
Gravure sur bois de Sebastien Münster. C'est aux environs d'Ulm que Descartes passe cette fameuse nuit de la Saint-Martin où il prend la ferme résolution de fonder une science nouvelle. La Saint-Martin était une fête traditionnelle de Touraine, région natale de Descartes. (Coll. part.)

manières de vivre [...], on ne doit pas s'étonner que toute sa curiosité et toutes ses peines aient été inutiles dans les recherches qu'il fit sur ce sujet. Il ne lui fut pas possible de découvrir un seul homme qui se déclarât de cette confrérie, ou qui fût même soupçonné d'en être. Peu s'en fallut qu'il ne mît la société au rang des chimères. Mais il en fut empêché par l'éclat que faisait le grand nombre des écrits apologétiques [...] en faveur de ces Rose-Croix, tant en latin qu'en allemand. Il ne crut pas devoir s'en rapporter à tous ces écrits [...]. C'est pourquoi il n'a point fait difficulté de dire, quelques années après, qu'il ne savait rien des Rose-Croix, et il fut aussi surpris que ses amis de Paris, lorsque étant de retour en cette ville, en 1623, il apprit que son séjour d'Allemagne lui avait valu la réputation d'être de la confrérie des Rose-Croix. »

Comment cette enquête, cette méditation sur la connaissance mystique, cet examen des buts prêtés à la société secrète n'auraient-ils pas marqué Descartes profondément ? Les historiens mêmes qui, au-delà de Baillet, admettent initiation ou affiliation n'aiment pas aller par là. M. Maxime Leroy, en revanche, n'y va que trop. La juste crainte d'un excès trop habituel le jette dans l'excès contraire. D'autres ont eu le tort de négliger l'incommode témoignage de Baillet : il veut, lui, que cet ensoutané ait menti par prétérition, il accumule hypothèses et coïncidences qui feraient de Descartes une sorte de franc-maçon avant la lettre. Il réussit encore une fois son départ, mais ne sait plus s'arrêter.

Descartes a déclaré sa répugnance pour toute espèce de promesse, vœu ou contrat. M. Maxime Leroy y voit, sinon la preuve, du moins la présomption qu'il n'est pas allé, malgré le vœu prononcé, à Lorette. L'argument conviendrait bien mieux à son hypothèse d'un engagement dans la fraternité Rose-Croix :

> Et particulièrement je mettais entre les excès toutes les promesses par lesquelles on retranche quelque chose de sa liberté ; non que je désapprouvasse les lois qui, pour remédier à l'inconstance des esprits faibles, permettent,

■ *Rose.* Vignette illustrant la page de titre du livre de Robert Fludd, *Summum bonum quod est verum magiae cabalde...*, 1629. L'affiliation de Descartes à la Fraternité de la Rose-Croix est aujourd'hui très contestée. À cette époque d'ailleurs, la Fraternité n'était pas encore organisée en société secrète et se contentait de diffuser des manifestes exaltés aux « hommes de science de toute l'Europe en vue d'une réforme universelle du monde entier ». Ces déclarations ont-elles alors suscité la curiosité d'un Descartes, tout occupé d'unifier et de fonder la science ? (Paris, BNF.)

lorsqu'on a quelque bon dessein, ou même pour la sûreté du commerce, quelque dessein qui n'est qu'indifférent, qu'on fasse des vœux ou des contrats qui obligent à y persévérer ; mais à cause que je ne voyais au monde aucune chose qui demeurât toujours en même état, et que, pour mon particulier, je me promettais de perfectionner de plus en plus mes jugements, et non point de les rendre pires, j'eusse pensé commettre une grande faute contre le bons sens, si, pour ce que j'approuvais alors quelque chose, je me fusse obligé de la prendre pour bonne encore après, lorsqu'elle aurait peut-être cessé de l'être, ou que j'aurais cessé de l'estimer telle.   (Troisième partie du *Discours*.)

Coïncidence pour coïncidence : tout le roman de l'affiliation ressemble plaisamment au pamphlet ou à la satire que l'évêque d'Avranches, Huet, publia en 1692 – un an après la *Vie* de Baillet, un an avant l'édition abrégée de cette *Vie* – sous le titre fallacieux de *Nouveaux mémoires pour servir à l'histoire du cartésianisme*. Ces *Mémoires* sont à l'histoire du cartésianisme ce que sont à notre histoire contemporaine les commentaires de Pierre Dac ou de Jean Rigaux : documents sur l'histoire de l'opinion peut-être, sur les commérages certainement, mais non sur les faits. Loin d'ailleurs, à ce titre, d'être négligeables. M. Paul Arnold, qui en cite un fort bon passage, met la question au point avec vigueur ; Descartes ne pouvait ni « découvrir un seul homme qui se déclarât de cette confrérie, ou qui fût même soupçonné d'en être », pour reprendre les mots de Baillet, ni, à plus forte raison, y entrer lui-même, si le mouvement Rose-Croix, quel que dût être alors son avenir, n'existait encore qu'à l'état de mystification, ou de parabole.

Et on voit mal en effet Descartes acceptant de retrancher « quelque chose de sa liberté », ou, s'il s'était un jour laissé aller à le faire dans l'égarement de quelque enthousiasme – comme il avait fait pour le métier des armes –, persistant dans des liens qu'il eût reçus tout noués. De l'aventure rosicrucienne il n'a pris que l'aventure spirituelle, toute pure, sans se charger d'aucune séquelle ; mais il l'a poussée loin. Et si nous ignorons les réactions qu'en a tirées ce puissant transformateur dans la suite de l'histoire de son esprit, nous commençons, en revanche, à mieux entrevoir comment il s'en est servi, dès la fin de cette année 1619, pour orienter son destin.

Les trois songes d'une nuit de novembre

> Souvent l'indisposition qui est dans le corps, empêche que la volonté ne soit libre. Comme il arrive aussi quand nous dormons ; car le plus philosophe du monde ne saurait s'empêcher d'avoir de mauvais songes, lorsque son tempérament l'y dispose. Toutefois l'expérience fait voir que, si on a eu souvent quelque pensée, pendant qu'on a eu l'esprit en liberté, elle revient encore après, quelque indisposition qu'ait le corps ; ainsi je puis dire que mes songes ne me représentent jamais rien de fâcheux, et sans doute qu'on a grand avantage de s'être dès longtemps accoutumé à n'avoir point de tristes pensées. (Lettre à Élisabeth, 1er septembre 1645.)

Ainsi Descartes, fort attentif non pas seulement au rêve en général – dès son traité de l'Homme il y avait méticuleusement démonté un mécanisme physiologique – mais à ses propres rêves, pensait même avoir acquis quelque pouvoir, sinon sur leur nature, du moins sur leur couleur.

Des trois songes qu'il eut dans la nuit du 10 au 11 novembre 1619, ou dont on peut dire plutôt qu'il fut visité, il ne confie rien dans le *Discours* :

> J'étais alors en Allemagne, où l'occasion des guerres qui n'y sont pas encore finies m'avait appelé ; et, comme je retournais du couronnement de l'empereur vers l'armée, le commencement de l'hiver m'arrêta en un quartier où, ne trouvant aucune conversation qui me divertît, et n'ayant d'ailleurs, par bonheur, aucuns soins ni passions qui me troublassent, je demeurais tout le jour enfermé seul dans un poêle, où j'avais tout loisir de m'entretenir de mes pensées. (Deuxième partie.)

Sans la compilation de Baillet, nous ne saurions pas deviner toute la tension qu'avouent en effet ces mots si discrets. Il est tout à fait invraisemblable qu'au moment où il l'évoquait Descartes ne se soit pas souvenu de l'événement qui l'avait alors bouleversé. Pudeur et prudence, sans doute. Mais surtout l'omission nous avertit du caractère non historique, ou parahistorique (nous y reviendrons), de ces pages d'autobiographie. Les trois songes ont révélé Descartes à lui-même ; tout devait sortir d'eux ; mais, demeurant au-dessous de l'effort conscient et volontaire, donc étrangers à sa pensée proprement dite, ils n'avaient pas à apparaître dans le *Discours*.

Le récit est dans Baillet, lequel suit, et de fort près semble-t-il, une relation de Descartes lui-même, aujourd'hui perdue et qu'il avait appelée *Olympica*.

Dans son sommeil il vit d'abord « quelques fantômes […] qui l'épouvantèrent de telle sorte que, croyant marcher par les rues, il était obligé de se renverser sur le côté gauche pour pouvoir avancer au lieu où il voulait aller, parce qu'il sentait une grande faiblesse au côté droit, dont il ne pouvait se soutenir. Étant honteux de marcher de la sorte, il fit effort pour se redresser ; mais il sentit un vent impétueux qui, l'emportant dans une espèce de tourbillon, lui fit faire trois ou quatre tours sur le pied gauche. […] Il croyait tomber à chaque pas, jusqu'à ce qu'ayant aperçu un collège ouvert sur son chemin, il entra dedans pour y trouver une retraite et un remède à son mal. Il tâcha de gagner l'Église du collège, où sa première pensée était d'aller faire sa prière ; mais s'étant aperçu qu'il avait passé un homme de sa connaissance sans le saluer, il voulut retourner sur ses pas pour lui faire civilité, et il fut repoussé avec violence par le vent qui soufflait contre l'Église. Dans le même temps il vit au milieu de la cour du collège une autre personne, qui l'appela par son nom en des termes civils et obligeants, et lui dit que, s'il voulait aller trouver Monsieur N. il avait quelque chose à lui donner. M. Descartes s'imagina que c'était un melon qu'on avait apporté de quelque pays étranger ». Or cette personne et ceux qui l'entouraient « étaient droits et fermes sur leurs pieds, quoiqu'il fût toujours courbé et chancelant » et que le vent fût presque tombé. Il se réveilla, sentit « une douleur effective, qui lui fit croire que ce ne fût l'opération de quelque mauvais génie qui l'aurait voulu séduire », se retourna et « fit une prière à Dieu pour demander d'être garanti du mauvais effet de son songe, et d'être préservé de tous les malheurs qui pourraient le menacer en punition de ses péchés, qu'il reconnaissait pouvoir être assez griefs pour attirer les foudres du ciel sur sa tête : quoiqu'il eût mené jusque-là une vie assez irréprochable aux yeux des hommes ». Puis, après deux heures de « pensées diverses sur les biens et les maux de ce monde », il se rendormit.

Deuxième songe : « Il crut entendre un bruit aigu et éclatant, qu'il prit pour un coup de tonnerre. » La frayeur le réveilla. « Ayant ouvert les yeux, il aperçut beaucoup d'étincelles de feu répandues par la chambre. La chose lui était déjà souvent arrivée », car, se réveillant la nuit, « il avait les yeux assez étincelants pour lui faire entrevoir les objets les plus proches de lui ». Il observa, « en ouvrant puis en fermant les yeux alternativement, la qualité des espèces qui lui étaient représentées », et se rendormit « dans un assez grand calme ».

Troisième songe, « qui n'eut rien de terrible comme les deux premiers » : « Il trouva un livre sur sa table, sans savoir qui l'y avait mis. » Ravi d'y voir un dictionnaire, « dans l'espérance qu'il pourrait lui être fort utile », il rencontra en même temps « un autre livre sous sa main, qui ne lui était pas moins nouveau, ne sachant d'où il lui était venu. Il trouva que c'était un recueil de poésies de différents auteurs, intitulé *Corpus Poetarum*, etc. ». Il l'ouvrit, et tomba sur le vers : *Quod vitae sectabor iter ?* (Quel chemin suivrai-je dans la vie ?). « Au même moment, il aperçut un homme qu'il ne connaissait pas, mais qui lui présenta une pièce de vers, commençant par *Est et Non*, et qui la lui vantait comme une pièce excellente. » Il dit qu'il savait « que cette pièce était parmi les Idylles d'Ausone qui se trouvaient dans le gros recueil des poètes qui était sur sa table. Il voulut la montrer lui-même à cet homme, et il se mit à feuilleter le livre, dont il se vantait de connaître parfaitement l'ordre et l'économie. Pendant qu'il cherchait l'endroit, l'homme lui demanda où il avait pris ce livre, et M. Descartes lui répondit qu'il ne pouvait lui dire comment il l'avait eu ; mais qu'un moment auparavant il en avait manié encore un autre, qui venait de disparaître, sans savoir qui le lui avait apporté, ni qui le lui avait repris. Il n'avait pas achevé, qu'il revit paraître le livre à l'autre bout de la table. Mais il trouva que ce *Dictionnaire* n'était plus entier comme il l'avait vu la première fois. » Revenant à Ausone et ne pouvant trouver la poésie *Est et Non,* « il dit à cet homme qu'il en connaissait une du même poète encore plus belle que celle-là et qu'elle commençait par : *Quod sectabor iter ?* La personne le pria de la lui montrer, et M. Descartes se mettait en devoir de la chercher, lorsqu'il tomba sur divers petits portraits gravés en taille-douce : ce qui lui fit dire que ce livre était fort beau, mais qu'il n'était pas de la même impression que celui qu'il connaissait. Il en était là, lorsque les livres et l'homme disparurent et s'effacèrent de son imagination, sans néanmoins le réveiller. Ce qu'il y a de singulier à remarquer, c'est que, doutant si ce qu'il venait de voir était songe ou vision, non seulement il décida, en dormant, que c'était un songe, mais il en fit encore l'interprétation avant que le sommeil le quittât »

Selon cette interprétation, le dictionnaire représentait « toutes les Sciences ramassées ensemble », et le *Cortus poetarum,* plus particulièrement, « la Philosophie et la Sagesse jointes ensemble » : « Car il ne croyait pas qu'on dût s'étonner si fort de voir que les poètes, même ceux qui ne font que niaiser, fussent pleins de sentences plus graves, plus sensées, et mieux exprimées que celles qui se trouvent dans les écrits des philosophes. Il attribuait cette merveille à la divinité de l'Enthousiasme, et à la force de l'Imagination, qui fait sortir les semences de la sagesse (qui se trouvent dans l'esprit de tous les

■ *Anamorphose* (d'après Rubens), par Domenico Piola. Les songes de Descartes ont été soumis à l'examen de Freud, qui resta prudent et peu loquace. Ce qu'il faut peut-être retenir de cette nuit de novembre, c'est l'enthousiasme qui saisit Descartes et qui s'exprime par des songes ; enthousiasme qui n'est rien d'autre que la certitude de parvenir à un savoir total et unifié, de concilier enfin philosophie et sagesse, et de trouver dans la recherche de la vérité le seul chemin à suivre. (Rouen, musée des Beaux-Arts.)

hommes, comme les étincelles de feu dans les cailloux) avec beaucoup plus de facilité et beaucoup plus de brillant même, que ne peut faire la Raison dans les philosophes. » Le poème *Quod vitae sectabor iter* « marquait le bon conseil d'une personne sage, ou même la Théologie morale ». « Par les poètes rassemblés dans le recueil, il entendait la Révélation et l'Enthousiasme, dont il ne désespérait pas de se voir favorisé. Par la pièce de vers *Est et Non,* qui est le *Oui* et le *Non* de Pythagore, il comprenait la Vérité et la Fausseté dans les connaissances humaines et les sciences profanes. Voyant que l'application de toutes ces choses réussissait si bien à son gré, il fut assez hardi pour se persuader que c'était l'Esprit de Vérité qui avait voulu lui ouvrir les trésors de toutes les sciences par ce songe. Et comme il ne lui restait plus à expliquer que les petits portraits de taille-douce, qu'il avait trouvés dans le second livre, il n'en chercha plus l'explication après la visite qu'un peintre italien lui rendit dès le lendemain. » Ce troisième songe, « fort doux » et « fort agréable », lui dessinait son avenir, tandis qu'il voyait dans les deux premiers, accompagnés de « terreur » et d'« effroi », « des avertissements menaçants touchant sa vie passée, qui pouvait n'avoir pas été aussi innocente devant Dieu que devant les hommes ». « Le melon, dont on voulait lui faire présent dans le premier songe, signifiait, disait-il, les charmes de la solitude, mais présentés par des sollicitations purement humaines. Le vent qui le poussait vers l'église du collège, lorsqu'il avait mal au côté droit, n'était autre chose que le mauvais Génie qui tâchait de le jeter par force dans un lieu, où son dessein était d'aller volontairement. C'est pourquoi Dieu ne permit pas qu'il avançât plus loin, et qu'il se laissât emporter, même en un lieu saint, par un Esprit qu'il n'avait pas envoyé : quoiqu'il fût très persuadé que c'eût été l'Esprit de Dieu qui lui avait fait faire les premières démarches vers cette église. [...] La foudre dont il entendit l'éclat était le signal de l'Esprit de Vérité qui descendait sur lui pour le posséder. »

C'est à la suite de ces songes et de cette émotion violente que Descartes, recourant à Dieu « pour le prier de lui faire connaître sa volonté » (de la faire connaître « sans énigme », précise Baillet dans son *Abrégé* de 1693), tâcha même d'« intéresser » la Sainte Vierge dans cette affaire « qu'il jugeait la plus importante de sa vie », et fit vœu de se rendre à Lorette en pèlerin.

Il ne lui parut pas d'abord invraisemblable que ses trois rêves fussent proprement des visions : l'idée de la vision mystique, l'idée de l'illumination étaient alors présentes à son esprit. Il rapportait lui-même, dans la relation suivie par Baillet, « que le Génie qui excitait en lui l'enthousiasme dont il se sentait le cerveau échauffé depuis quelques jours, lui avait prédit ces songes avant que de se mettre au lit, et que l'esprit humain n'y avait aucune part ». Et, bonnement, Baillet précise : « C'était la veille de Saint-Martin, au soir de laquelle on avait coutume de faire la débauche au lieu où il était, comme en

France. Mais il nous assure qu'il avait passé le soir et toute la journée dans une grande sobriété, et qu'il y avait trois mois entiers qu'il n'avait bu de vin. » Baillet ajoute que « son enthousiasme le quitta peu de jours après » et que son esprit reprit alors « son assiette ordinaire ».

On a discuté à l'infini sur l'interprétation des trois rêves (M. Maxime Leroy est allé jusqu'à consulter Freud, lequel se récusa faute de pouvoir interroger le rêveur). Or M. Paul Arnold, ayant étudié de près la littérature rosicrucienne de l'époque, a noté – nouvelle découverte – de nombreuses ressemblances entre les thèmes des songes et les images, symboles et paraboles Rose-Croix. Les songes témoigneraient donc d'une imprégnation plus profonde encore qu'on ne le croyait jusqu'ici. Ainsi Descartes n'a pu s'affilier à une société secrète qui n'existait pas : mais ce que sa légende perd d'un côté, son histoire le regagne par ailleurs.

D'autre part le 10 novembre 1619 était un anniversaire, celui de la rencontre de Descartes, à Bréda, juste un an plus tôt, avec Isaac Beeckman, savant hollandais assez universel mais surtout médecin et mathématicien, et de beaucoup son aîné, auquel l'avait lié aussitôt une amitié fort vive. C'est à Beeckman qu'il avait offert, pour étrenner l'année 1619, et en lui recommandant le secret, son *Compendium musicae* (Abrégé de musique), sa première œuvre, composé « à la hâte, dit-il, au milieu de soldats ignorants, par un homme oisif soumis à un genre de vie tout différent de ses pensées ». Et il déclarait à son nouvel ami :

> En réalité, c'est vous seul qui m'avez réveillé de mon indolence, rappelé à un savoir déjà presque évanoui de ma mémoire, ramené à des occupations sérieuses meilleures dont mon esprit s'était écarté.

Tous ces termes ne peuvent-ils pas être interprétés dans un sens ésotérique ? Or médecine et mathématique étaient encore pénétrées d'occultisme. Beeckman, au surplus, veillait à ne pas se spécialiser dans une science particulière ou plutôt dans une branche particulière de

■ Descartes noua avec Beeckman une profonde amitié avant de rompre violemment avec lui, en 1630. Descartes doit au savant néerlandais de lui avoir fait entrevoir la possibilité d'une application des mathématiques à la physique. L'*Abrégé de musique* que Descartes lui offre étudie les rapports mathématiques et comporte de très belles pages sur l'émotion musicale et le « plaisir des larmes » au théâtre. (à Beeckman, 1619). (Paris, BNF.)

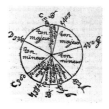

■ *Réunion
de buveurs,*
par Nicolas Tournier
(d'après Manfredi).
C'est au milieu
des soldats, oisifs
et débauchés,
que Descartes prend
conscience de la
nécessité d'unifier
l'ensemble du savoir
humain selon un
modèle mathé-
matique. (Le Mans,
musée Tessé.)

la science (Maurice de Nassau lui-même, que d'ailleurs Descartes ne semble pas avoir approché, était fervent d'alchimie). Le simple anniversaire d'une rencontre n'était guère exaltant : il le devenait singulièrement si cette rencontre elle-même avait été suivie, non sans doute d'une initiation proprement dite, mais d'une révélation assez bouleversante pour déterminer Descartes à remonter aux sources mystiques : ce qui éclaircirait le départ d'avril 1619 pour l'Allemagne, demeuré mystérieux… Tout cela n'est même pas une hypothèse ; construction toute romanesque. Toutefois, en 1620, un troisième 10 novembre consécutif allait s'inscrire dans l'histoire de Descartes : la dose de hasard devenait trop forte, il fallait bien qu'apparût une signification symbolique, « tout à fait, note M. Paul Arnold, dans le goût du temps », de l'illuminisme rosicrucien et du mysticisme médiéval auquel celui-ci entendait se rattacher.

Les fondements de la science admirable

Recopions, avant d'aller plus loin, quelques-unes de ces pensées de jeunesse, *Cogitationes privatae,* que Leibniz dira « un peu chimériques », et dont la valeur mystique, ou du moins symboliste, rapprochée du troisième songe, rejaillit peut-être sur le *Compendium musicae* où elle révélerait la préoccupation secrète de relier aux mathématiques un mode de connaissance irrationnel.

> De même que l'imagination se sert de figures pour se représenter les corps, de même l'entendement se sert de corps qui tombent sous nos sens pour figurer les choses spirituelles, comme du vent et de la lumière : d'où il suit que, pratiquant une philosophie plus noble, nous pouvons par la connaissance porter notre esprit sur les hauteurs.
>
> On pourrait s'étonner que les pensées profondes se trouvent dans les écrits des poètes plutôt que des philosophes. La raison en est que les poètes écrivent par les moyens de l'enthousiasme et de la force de l'imagination : il y a en nous des semences de science, comme dans le silex, que les philosophes tirent au jour par les moyens de la raison et que les poètes, par les moyens de l'imagination, font jaillir et mieux briller.
>
> Il y a dans les choses une même force active, l'amour, la charité, l'harmonie.

Dès le 26 mars 1619, Descartes, écrivant à Beeckman, lui confiait qu'il travaillait à fonder « une science toute nouvelle, qui permette de résoudre en général toutes les questions qu'on peut se proposer en n'importe quel genre de quantité, continue ou discontinue, chacune suivant sa nature ». Il ne s'agit encore que de mathématique ; il s'agit déjà d'une méthode universelle, et étrangement exaltante :

> Ce ne peut être l'œuvre d'un seul, et on n'en aura jamais fini. Quel projet ambitieux ! C'est à peine croyable ! Mais dans le chaos obscur de cette science j'ai aperçu je ne sais quelle lumière, grâce à laquelle les plus épaisses ténèbres pourront se dissiper.

Le 10 novembre, se disposant pour ce qui allait être la nuit des songes, Descartes se coucha « tout rempli de son enthousiasme », dit Baillet en traduisant les mots mêmes de la relation latine originale, « et tout occupé de la pensée d'avoir trouvé ce jour-là les fondements de la science admirable » : « *cum plenus forem enthousiasmo, et mirabilis scientiae fundamenta reperirem* ». Rien de plus ; mais comment ne pas se rappeler la lettre du 26 mars, dont les termes seraient ici élevés au second degré de l'exaltation ?

Et quand revient la troisième Saint-Martin, en 1620, nouveau choc, consigné dans ses notes en des termes identiques :

> Je commençai de découvrir les fondements d'une science admirable.

L'illumination était à ses yeux d'une importance capitale. Seulement, hormis le fait de l'illumination, nous en ignorons tout.

Sur si peu de faits, eux-mêmes si dispersés et si obscurs, quelle hypothèse construire ? Celle-ci du moins est vraisemblable, encore qu'assez arbitraire.

D'une part Descartes à cette époque se préoccupait profondément de l'analyse mathématique

> Je me plaisais surtout aux mathématiques, [devait-il écrire dans la première partie du *Discours*] à cause de la certitude et de l'évidence de leurs raisons ; mais je ne remarquais point encore leur vrai usage, et, pensant qu'elles ne servaient qu'aux arts mécaniques, je m'étonnais de ce que, leurs fondements étant si fermes et si solides, on n'avait rien bâti dessus de plus relevé.

D'autre part cette recherche se poursuivait dans un climat de haute tension spirituelle. Il faut que l'hypothèse soit fondée à la fois sur ces deux éléments.

Prenons maintenant les *Règles pour la direction de l'esprit* que Descartes écrivit en 1628, après les neuf années de réflexion et d'entraînement qu'il se donna, selon le *Discours,* pour « rouler çà et là dans le monde, tâchant

■ *Jean Neudorfer
et son fils,* par
Neufchatel. Ce
tableau peut illustrer
la volonté cartésienne
de subordonner
tout savoir à
une évidence telle
qu'en donnent
les mathématiques.
L'unification de
la science n'est rien
d'autre que l'unité de
l'esprit, appliquant sa
lumière à différents
objets. (Lille, musée
des Beaux-Arts.)

d'y être spectateur plutôt qu'acteur en toutes les comédies qui s'y jouent », avant de prendre « aucun parti touchant les difficultés qui ont coutume d'être disputées entre les doctes, ni commencé à chercher les fondements d'aucune philosophie plus certaine que la vulgaire ». Il y a quelque chance que, plus ou moins ouvertement, les *Règles* fassent le point ; et qu'on y entrevoie comment Descartes a définitivement décidé d'intégrer l'illumination dans sa pensée. Voici :

> Les mortels sont possédés d'une si aveugle curiosité, que souvent ils conduisent leur esprit par des voies inconnues, sans aucun motif d'espérance, mais seulement pour voir si ce qu'ils cherchent n'y serait pas, comme quelqu'un qui brûlerait d'une envie si folle de découvrir un trésor, qu'il parcourrait sans cesse les chemins, cherchant si par hasard il ne trouverait pas quelque chose qui aurait été perdu par un voyageur. Ainsi travaillent presque tous les chimistes, la plupart des

géomètres et beaucoup de philosophes : en vérité je ne nie pas que parfois ils n'aillent ainsi à l'aventure avec assez de bonheur pour trouver quelque vérité ; ce n'est pas une raison cependant pour que je reconnaisse qu'ils sont plus habiles, mais seulement qu'ils sont plus heureux. [...] Ces études désordonnées et ces méditations obscures troublent la lumière naturelle et aveuglent l'esprit ; et tous ceux qui ont ainsi coutume de marcher dans les ténèbres diminuent tellement l'acuité de leur regard qu'ensuite ils ne peuvent plus supporter la pleine lumière. [...] Il faut bien noter ici deux points : ne jamais supposer vrai ce qui est faux, et parvenir à la connaissance de toutes choses. [...]

L'esprit humain possède en effet je ne sais quoi de divin, où les premières semences de pensées utiles ont été jetées, en sorte que souvent, si négligées et étouffées qu'elles soient par des études contraires, elles produisent spontanément des fruits. Nous en avons la preuve dans les plus faciles des sciences, l'arithmétique et la géométrie : car nous remarquons que les anciens géomètres se sont servis d'une analyse, qu'ils étendaient à la résolution de tous les problèmes, mais dont ils ont jalousement privé la postérité. [...]

Je ne ferais pas, en effet, grand cas de ces règles, si elles n'étaient destinées qu'à résoudre de vains problèmes, auxquels les calculateurs et les géomètres ont coutume de s'amuser dans leurs loisirs, car je croirais ainsi n'avoir réussi qu'à m'occuper de bagatelles avec plus de subtilité peut-être que d'autres. Quoique je doive souvent parler ici de figures et de nombres, parce qu'on ne peut demander à aucune science des exemples aussi évidents et certains, quiconque considérera attentivement ma pensée s'apercevra facilement que je ne songe nullement ici aux mathématiques ordinaires, mais que j'expose une autre science, dont elles sont l'enveloppe plus que les parties. Cette science doit en effet contenir les premiers rudiments de la raison humaine et n'avoir qu'à se développer pour faire sortir des vérités de quelque sujet que ce soit ; et, pour parler librement, je suis convaincu qu'elle est préférable à toute autre connaissance que nous aient enseignée les hommes, puisqu'elle en est la source. Mais j'ai parlé d'enveloppe, non que je veuille envelopper cette doctrine et la cacher pour en éloigner la foule, mais plutôt afin de l'habiller et de l'orner, en sorte qu'elle puisse être davantage à la portée de l'esprit humain.

[...] Quand ensuite je songeai d'où venait que jadis les premiers philosophes ne voulaient pas admettre à l'étude de la sagesse quelqu'un qui ignorât les mathématiques, comme si cette discipline leur paraissait la plus facile et la plus nécessaire de toutes pour former et préparer les esprits à comprendre d'autres sciences plus élevées, j'eus bien l'idée qu'ils connaissaient certaine mathématique fort différente de la mathématique vulgaire de notre temps [...]. Je suis convaincu que les premières semences de vérité, déposées par la nature dans l'esprit humain, mais que nous étouffons en nous en lisant et en écoutant chaque jour tant d'erreurs de toutes sortes, avaient tant de force dans cette rude et simple antiquité que, par cette même lumière de l'esprit qui leur faisait voir qu'il faut préférer la vertu au plaisir et l'honnête à l'utile, bien qu'ils ignorassent pourquoi il en est ainsi, les hommes ont eu des idées vraies de la philosophie et des mathématiques, quoiqu'ils n'aient jamais pu acquérir parfaitement ces sciences mêmes. [...] Si l'on y réfléchit plus attentivement, on remarque enfin que seules toutes les choses où l'on étudie l'ordre et la mesure se rattachent à la mathématique, sans qu'il importe que cette mesure soit cherchée dans des nombres, des figures, des astres, des sons, ou quelque autre objet, on remarque ainsi qu'il doit y avoir quelque science générale expliquant tout ce qu'on peut chercher touchant l'ordre et la mesure sans application à une matière particulière, et que cette science est appelée, non pas d'un nom étranger, mais d'un nom déjà ancien et reçu par l'usage, mathématique universelle, parce qu'elle renferme tout ce pourquoi les autres sciences sont dites des parties de la mathématique.

(Règle IV.)

MESURES
DE DÉMESURE

■ Gravure extraite de *Lumen de lumine*, de Philalethès. Archimède, réfléchissant sur le pouvoir des leviers, affirmait être capable de soulever le globe terrestre si seulement il avait un « point fixe et assuré » : c'est dans la clarté de la « lumière naturelle » que Descartes trouve le levier nécessaire à fonder la science et qu'il parvient au « point fixe et arrêté » qu'est le *Cogito*. (Paris, BNF.)

Remarquons ces thèmes : la lumière, dont l'image revient souvent et que les *Cogitationes* avaient explicitement reconnue comme image propre aux « choses spirituelles » ; l'ésotérisme des anciens mathématiciens ; le « je ne sais quoi de divin » et les « semences de vérité » que possède l'esprit humain ; le caractère élevé d'une science d'où sont écartés avec dédain la vanité, l'amusement, les « bagatelles », l'ordinaire ; la nécessité d'une « connaissance de toutes choses », et finalement l'universalité de la nouvelle mathématique, qui devient science des sciences et en qui s'accomplit ainsi cette unité de connaissance que l'on retrouve toujours sous quelque forme, comme but et comme inspiration, dans toutes les recherches de l'ésotérisme, de l'occultisme et de la mystique.

Il se pourrait ainsi que, pénétré de ses travaux mathématiques, et, pour mieux dire, de la prévention qu'il trouvait en lui depuis sa jeunesse en faveur de la mathématique, pénétré en même temps de l'aspiration unitaire qu'il rencontrait partout dans cette sorte de syncrétisme mystique qu'était alors la littérature rosicrucienne, Descartes ait aperçu soudain dans cette double préoccupation deux aspects d'une seule et même « vérité ». Et c'est l'étincelle de leur synthèse qui aurait illuminé sa nuit de la Saint-Martin. « Tu deviendras Un », avait dit Paracelse ; et encore : « Le repos n'existe que dans l'Un et dans aucun autre nombre, tout ce qui est pluralité est inquiétude. » Or, Descartes désormais maintiendra comme essentielles certaines irréductibilités, âme et corps, étendue et mouvement (d'où peut-être son acharnement contre Beeckman au moment de la rupture). Mais le grand rêve unitaire se réalise dans l'unité de l'esprit connaissant et s'accomplit dans la mathématique universelle, miroir et conscience de l'esprit lui-même ; elle est « la lumière naturelle » elle-même, elle est « l'acuité » même du « regard », elle doit « contenir les premiers rudiments de la raison humaine et n'avoir qu'à se développer pour faire sortir des vérités de quelque sujet que ce soit ». Elle est elle-même la vérité de tous les occultismes tâtonnants ; et l'on comprend l'exaltation de Descartes s'il a eu le sentiment de réconcilier l'humanité avec elle-même en ramenant tant de routes divergentes à l'unité d'une voie triomphale.

Avenir de la science

En même temps qu'il s'affermissait dans ce parti, il devait évidemment se détacher de ceux qu'il estimait avoir dépassés. Ainsi s'éclaire peut-être non pas seulement la rupture avec Beeckman, mais la violence de la rupture. Descartes le retrouva à la fin de 1628 : précisément au bout de la longue épreuve qu'il avait imposée à sa découverte, et juste après la rédaction des *Règles*. Or Beeckman se vanta alors d'avoir à lui seul fait tout Descartes, lequel dans ses réponses montra une brutalité extrême. C'est que, si la première impulsion venait de Beeckman en effet, Descartes pouvait penser l'avoir laissé loin derrière lui ; et la prétention du Hollandais revenait à nier et l'illumination et les neuf années de maturation. Beeckman, dès lors, était peut-être à ses yeux l'un de ces aveugles parmi lesquels, dans la quatrième des *Règles,* il comptait « presque tous les chimistes, la plupart des géomètres et beaucoup de philosophes » et dont il blâmait, en des termes qui maintenant pouvaient convenir aussi aux occultistes, les « études désordonnées », les « méditations obscures » et la « coutume de marcher dans les ténèbres ». De même, dans le *Discours,* il reprochera au *Grand Art* de Raymond Lulle de servir plutôt « à parler sans jugement » des choses « qu'on ignore, qu'à les apprendre » : or Lulle, il le savait bien, s'était proposé un but assez analogue au sien, mais n'avait pas su l'atteindre ; Lulle, s'il ne se trompait guère sur ce qu'il fallait chercher, était resté dans les ténèbres, errant et perdu.

Quant à lui, franchies les barrières de l'ombre, il fonce ; et sans relâche il s'applique désormais à « faire sortir des vérités de quelque sujet que ce soit ». Ainsi entrent dans sa biographie toutes sortes de traits dont ses biographes habituels ne parlent qu'à regret et par acquit de conscience, – parce qu'ils ne cadrent pas avec l'image d'Épinal qu'on a dessinée de lui à la ressemblance des cartésiens, parce que les idées reçues ne laissent pas de place à l'ingénieur, au technicien, au praticien. Tout au long de sa vie il s'intéresse à l'architecture ou à l'art des jardins, à la botanique ou à l'anatomie, aux longitudes ou à l'hydrographie ; il analyse dans ses lettres la vis d'Archimède, la pompe, le cadran solaire, la flamme de la chandelle, la balle du mousquet... On ne peut se défendre de croire que, s'il revenait parmi nous, on le rencontrerait plutôt au musée des Arts et Métiers, ou même au Concours Lépine, qu'à la *Revue de métaphysique et de morale.*

Cette activité multiforme semble l'apparenter aux hommes de la Renaissance. Mais chez eux il s'agissait plutôt d'une ivresse désordonnée de connaissances : tandis qu'il applique systématiquement une méthode de la connaissance à des objets indéfiniment renouvelés. D'eux à lui la différence est celle de la curiosité à la conscience (et celle du tourisme comme nous le pratiquons au voyage comme il l'entendait). Dans et par la diversité il vérifie l'unité retrouvée. Et c'est ce qui explique certains aspects déconcertants de toutes ses œuvres scientifiques, qui uniformément se présentent avec des ambitions démesurées, et se révèlent en fait fragmentaires et interrompues. Il nous annonce un inventaire général du monde et il s'arrête après quelques sondages. La préface des *Principes,* pourtant postérieure de trois ans à la première publication, promet tout ; l'article 188, dans la quatrième et dernière partie, confesse une impuissance à traiter la cinquième et la sixième partie, qui seules pourraient achever le traité. Ce théoricien de l'ordre, ce militant de l'ordre compose d'une manière qui ressemble fort au désordre... C'est qu'en réalité il n'a jamais prétendu donner l'encyclopédie que nous nous étonnons de ne pas trouver. Au contraire il a dit, ou presque, qu'une telle encyclopédie ne saurait être que l'œuvre de l'humanité elle-même dans la totalité de sa durée. Pour lui il se contente d'indiquer l'ordre des

recherches, et de montrer comment savants et philosophes doivent user de leur esprit :

> Encore que je n'aie pas traité de toutes choses, et que
> cela soit impossible, je pense avoir tellement expliqué
> toutes celles dont j'ai eu occasion de traiter, que ceux
> qui les liront avec attention auront sujet de se persua-
> der qu'il n'est pas besoin de chercher d'autres principes
> que ceux que j'ai établis pour parvenir à toutes les plus
> hautes connaissances dont l'esprit humain soit capable.
>
> (Préface des *Principes*.)

Il se contente d'assurer la mise en marche de l'esprit,
réintégré dans sa prérogative et dont il aurait pu dire,
comme Dom Juan disait au Pauvre : « Je te le donne
pour l'amour de l'humanité. »

Car s'il s'est résolu à abandonner la démarche aveugle
et aberrante de l'illuminisme, s'il en a néanmoins sauve-
gardé et adopté l'aspiration essentielle, il est aussi
demeuré étroitement fidèle aux règles de conduite du
mouvement Rose-Croix qui prescrivait de mettre la
science au service de l'humanité souffrante, de le faire
dans un désintéressement entier, de poursuivre en commun un effort progressiste, et en particulier de développer par priorité et de distribuer gratuitement la médecine. C'est là ce qui donne une résonance caractéristique
à la sixième partie du *Discours* :

> Sitôt que j'ai eu acquis quelques notions générales tou-
> chant la physique, et que, commençant à les éprouver
> en diverses difficultés particulières, j'ai remarqué
> jusques où elles peuvent conduire et combien elles dif-
> fèrent des principes dont on s'est servi jusqu'à présent,
> j'ai cru que je ne pouvais les tenir cachées sans pécher
> grandement contre la loi qui nous oblige à procurer
> autant qu'il est en nous le bien général de tous les
> hommes : car elles m'ont fait voir qu'il est possible de
> parvenir à des connaissances qui soient fort utiles à la
> vie ; et qu'au lieu de cette philosophie spéculative qu'on
> enseigne dans les écoles, on en peut trouver une pra-

tique, par laquelle connaissant la force et les actions du feu, de l'eau, de l'air, des astres, des cieux et de tous les autres corps qui nous environnent aussi distinctement que nous connaissons les divers métiers de nos artisans, nous les pourrions employer en même façon à tous les usages auxquels ils sont propres, et ainsi nous rendre comme maîtres et possesseurs de la nature. Ce qui n'est pas seulement à désirer pour l'invention d'une infinité d'artifices qui feraient qu'on jouirait sans aucune peine des fruits de la terre et de toutes les commodités qui s'y trouvent, mais principalement aussi pour la conservation de la santé, laquelle est sans doute le premier bien et le fondement de tous les autres biens de cette vie ; car même l'esprit dépend si fort du tempérament et de la disposition des organes du corps, que, s'il est possible de trouver quelque moyen qui rende communément les hommes plus sages et plus habiles qu'ils n'ont été jusqu'ici, je crois que c'est dans la médecine qu'on doit le chercher. Il est vrai que celle qui est maintenant en usage contient peu de choses dont l'utilité soit si remarquable ; mais, sans que j'aie aucun dessein de la mépriser, je m'assure qu'il n'y a personne, même de ceux qui en font profession, qui n'avoue que tout ce qu'on y sait n'est presque rien à comparaison de ce qui reste à y savoir ; et qu'on se pourrait exempter d'une infinité de

■ *Traité de l'homme.*
Fonctionnement des glandes provoqué par un objet.
Vue et odorat.
(Fig. 35.) Dans une lettre à Mersenne du 13 novembre 1639, Descartes avoue sa curiosité pour l'anatomie et raconte comment, chaque jour, il se rend chez un boucher d'Amsterdam lui commander des parties qu'il souhaite « anatomiser à loisir ». (Paris, BNF.)

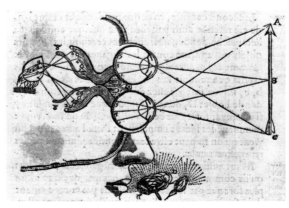

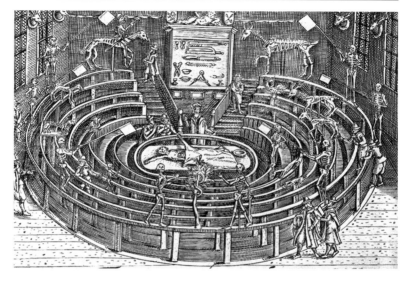

maladies tant du corps que de l'esprit, et même aussi peut-être de l'affaiblissement de la vieillesse, si on avait assez de connaissances de leurs causes et de tous les remèdes dont la nature nous a pourvus. Or, ayant dessein d'employer toute ma vie à la recherche d'une science si nécessaire, et ayant rencontré un chemin qui me semble tel qu'on doit infailliblement la trouver en le suivant, si ce n'est qu'on en soit empêché ou par la brièveté de la vie ou par le défaut des expériences, je jugeais qu'il n'y avait point de meilleur remède contre ces deux empêchements que de communiquer fidèlement au public tout le peu que j'aurais trouvé, et de convier les bons esprits à tâcher de passer plus outre, en contribuant, chacun selon son inclination et son pouvoir, aux expériences qu'il faudrait faire, et communiquant aussi au public toutes les choses qu'ils apprendraient, afin que, les derniers commençant où les précédents auraient achevé, et ainsi joignant les vies et les travaux de plusieurs, nous allassions tous ensemble beaucoup plus loin que chacun en particulier ne saurait faire.

■ *Theatrum anatomicum.* Amphithéâtre de l'université de Leyde. L'arrière-grand-père de Descartes, médecin de grand renom, était au service de la reine Éléonore d'Autriche, épouse de François Ier. Mais c'est de façon tardive que Descartes s'intéresse à la médecine et c'est comme branche de la physique qu'il l'étudie, ainsi que l'anatomie. (Paris, BNF.)

[...] J'ai résolu de n'employer le temps qui me reste à vivre à autre chose qu'à tâcher d'acquérir quelque connaissance de la nature, qui soit telle qu'on en puisse tirer des règles pour la médecine, plus assurées que celles qu'on a eues jusques à présent ; et [...] mon inclination m'éloigne si fort de toute sorte d'autres desseins, principalement de ceux qui ne sauraient être utiles aux uns qu'en nuisant aux autres, que si quelques occasions me contraignaient de m'y employer, je ne crois point que je fusse capable d'y réussir. De quoi je fais ici une déclaration que je sais bien ne pouvoir servir à me rendre considérable dans le monde, mais aussi n'ai-je aucunement envie de l'être, et je me tiendrai toujours plus obligé à ceux par la faveur desquels je jouirai sans empêchement de mon loisir, que je ne serais à ceux qui m'offriraient les plus honorables emplois de la terre.

Ainsi Descartes ne se contente pas d'exercer dans la diversité du monde un esprit averti par la mathématique de sa propre structure, – d'une démarche assez parallèle à celle de Montaigne faisant l'épreuve de ses facultés naturelles. Il oriente le travail scientifique vers la pratique, vers les applications, vers l'utilité. Montaigne, dans les essais de sa pensée, poursuivait la conscience de soi : il se donne pour but le bien des hommes. Mais non pas par dévouement, ou par charité, ou pour quelque autre considération de sentiment. Si les sciences, appliquées à l'ordre de la réalité, sont efficaces et réussissent, c'est qu'il y a dans le concret quelque chose qui répond exactement à l'abstrait : c'est qu'il y a dans l'existence une vérité de ces *correspondances* sur lesquelles se fondent également la croyance des mystiques et celle des occultistes. Les *Cogitationes* d'autrefois y faisaient allusion ; le raisonnable Leibniz ne se trompera guère en y voyant ce qu'il appelle de la chimère : la grande chimère unitaire, – laissée et retrouvée.

La recherche scientifique redevient par ce biais l'aventure même des alchimistes, et repose désormais sur un optimisme essentiel et proprement mystique.

> Il est possible de parvenir à des connaissances qui soient fort utiles à la vie [...] au lieu de cette philosophie spéculative qu'on enseigne dans les écoles, on en peut trouver une pratique, par laquelle [...] nous pourrions [...] nous rendre comme maîtres et possesseurs de la Nature.

Jusqu'à la fin de sa vie il gardera le goût de la médecine, donnant volontiers des consultations, dont quelques-unes subsistent dans sa correspondance : mais il ne borne pas la médecine à un art de soigner et de soulager, il lui réserve un rôle démesuré, convaincu qu'elle parviendra, par une meilleure connaissance du mécanisme humain et du régime approprié, à prolonger notre vie jusqu'à plusieurs siècles (ce dont la reine Christine se souviendra, sarcastique, lorsque lui-même mourra, à sa cour et grâce à ses bons offices, dès l'âge de cinquante-trois ans). Du moins lui est-il arrivé d'en rêver.

Il n'a que quinze ans lorsqu'il apprend que la lunette astronomique inventée trois ans plus tôt vient de permettre à Galilée de découvrir les satellites de Jupiter. Et on le voit incessamment occupé de lentilles et d'instruments d'optique. Curiosité pour les commodités nouvelles qu'ils apportent aux chercheurs ? Oui sans doute, mais davantage aussi : la nouvelle optique est une révolution qui, ouvrant à l'homme deux mondes nouveaux, celui du plus grand, celui du plus petit, multiplie les puissances humaines par un coefficient indéfini. D'où le ton exalté de sa lettre du 18 juin 1629 à Ferrier, le tailleur de verres :

> J'ai beaucoup appris touchant nos verres, en sorte qu'il y a moyen de faire quelque chose qui passe ce qui a jamais été vu [...]. Nous vivrions comme frères [...]. Même une médiocre fortune, ou bien de légères espérances ne vous doivent pas retarder, si vous avez l'ambition de faire quelque chose qui passe le commun ; car toutes mes règles sont fausses, ou bien, si vous venez, je vous donnerai moyen d'exécuter de plus grandes choses que vous n'espérez.

■ *Le Système du monde,* de Galilée. Frontispice représentant Aristote, Ptolémée et Copernic. Descartes approuve le projet galiléen de rendre compte de la nature en langage mathématique, mais il lui reproche son manque de méthode, d'ordre et d'unité. La philosophie cartésienne aura à l'inverse pour souci constant de ramener l'étude d'objets particuliers à quelques principes premiers. (Paris, BNF.)

Dans le *Discours,* dans les *Principes,* texte et préface, dans ses lettres, Descartes ne cesse de signaler que l'œuvre commencée suppose des expériences qui excèdent infiniment les loisirs et les moyens d'un seul : l'immense entreprise requiert désormais une collaboration universelle dans l'espace et dans le temps, – mais maintenant on peut dire que l'avenir est à l'homme :

> Le dernier et le principal fruit de ces principes est qu'on pourra, en les cultivant, découvrir plusieurs vérités que je n'ai point expliquées ; et ainsi, passant peu à peu des unes aux autres, acquérir avec le temps une parfaite connaissance de toute la philosophie et monter

au plus haut degré de la sagesse. Car comme on voit en tous les arts que, bien qu'ils soient au commencement rudes et imparfaits, toutefois, à cause qu'ils contiennent quelque chose de vrai et dont l'expérience montre l'effet, ils se perfectionnent peu à peu par l'usage : ainsi, lorsqu'on a de vrais principes en philosophie, on ne peut manquer en les suivant de rencontrer parfois d'autres vérités ; et on ne saurait mieux prouver la fausseté de ceux d'Aristote, qu'en disant qu'on n'a su faire aucun progrès par leur moyen depuis plusieurs siècles qu'on les a suivis.

[...] Je sais bien aussi qu'il pourra se passer plusieurs siècles avant qu'on ait ainsi déduit de ces principes toutes les vérités qu'on en peut déduire [...]. Mais enfin, si la différence qu'ils verront entre ces principes et tous ceux des autres, et la grande suite des vérités qu'on en peut déduire, leur fait connaître combien il est important de continuer en la recherche de ces vérités, et jusques à quel degré de sagesse, à quelle perfection de vie et à quelle félicité elles peuvent conduire, j'ose croire qu'il n'y en aura pas un qui ne tâche de s'employer à une étude si profitable, ou du moins qui ne favorise et ne veuille aider de tout son pouvoir ceux qui s'y emploieront avec fruit. Je souhaite que nos neveux en voient le succès. (Préface des *Principes*.)

« Pour Moi, Je... »

Une autobiographie

L'opuscule intitulé *Discours de la méthode pour bien conduire sa raison et chercher la vérité dans les sciences* – une plaquette, dit M. Maxime Leroy – tiendrait en cinquante pages un peu serrées. Il parut, en 1637, sans signature : l'auteur ne demandait « qu'à être reçu au nombre des écrivains les plus vulgaires » (lettre à Huygens, 14 juin 1637).

Il était écrit en français, et non en latin suivant l'usage des doctes (usage que Descartes avait suivi en 1628 dans ses *Règles pour la direction de l'esprit* et qu'il suivra encore dans les *Méditations* et les *Principes* avant de revenir au français pour les *Passions*). Appel au peuple, par-dessus les spécialistes. Il y a longtemps que Descartes a rêvé d'une langue bien faite, « par le moyen de laquelle les paysans pourraient mieux juger de la vérité des choses que ne font maintenant les philosophes » (lettre à Mersenne, 20 novembre 1629). Cette fois-ci, il a voulu que dans son livre « les femmes mêmes pussent entendre quelque chose, et cependant que les plus subtils trouvassent aussi assez de matière pour occuper leur attention » (lettre au P. Vatier, 22 février 1638).

> Si j'écris en français, qui est la langue de mon pays, plutôt qu'en latin, qui est celle de mes précepteurs, c'est à cause que j'espère que ceux qui ne se servent que de leur raison naturelle toute pure jugeront mieux de mes opinions que ceux qui ne croient qu'aux livres

■ *L'Écrivain*, par Gabriel Metsu. Nombre d'œuvres de Descartes peuvent être lues comme des histoires, ou plutôt comme l'histoire d'un esprit qui n'hésite pas à employer le *je* pour se raconter. Cependant, Descartes avouait ne pas aimer écrire pour les autres et préférait « apprendre pour lui-même ». (Montpellier, musée Fabre.)

anciens ; et pour ceux qui joignent le bon sens avec l'étude, lesquels seuls je souhaite pour mes juges, ils ne seront point, je m'assure, si partiaux pour le latin, qu'ils refusent d'entendre mes raisons pour ce que je les explique en langue vulgaire.

(Sixième partie du *Discours*.)

Ce petit livre si simple, et qui n'a d'autre obscurité que l'obscurité extrême que peut comporter l'extrême clarté, a retenti dans le monde, depuis trois siècles, comme n'a jamais fait aucun livre, si ce n'est la Bible. Il se présente à nous aujourd'hui au sommet d'un Sinaï de commentaires amoncelés, environné de nuées et d'éclairs, grondant de tonnerres souverains. Si bien que nous ne l'abordons plus que dans le tremblement, et tout noués d'inhibitions. Relaxons-nous ; et avec simplicité conformons-nous au mouvement du texte, au lieu de nous évertuer à recomposer ce que Descartes aurait pu vouloir dire, – comme s'il ne l'avait pas dit lui-même et de la seule manière qui convînt à son intention.

La méthode proprement dite, réduite à quatre préceptes, y est exposée en quelques lignes : environ 1/125 ou 0,8 % de l'ouvrage.

Je n'ai pas eu dessein d'expliquer toute la *Méthode*, mais seulement d'en dire quelque chose.

(Lettre à Huygens, 25 février 1637.)

Je ne mets pas *Traité de la Méthode*, mais *Discours de la Méthode,* ce qui est le même que *Préface* ou *Avis touchant la Méthode*, pour montrer que je n'ai pas dessein de l'enseigner, mais seulement d'en parler.

(Lettre à Mersenne, 27 février 1637.)

À la première ligne, la provocation :

Le bon sens est la chose du monde la mieux partagée.

De toutes les phrases célèbres, aucune n'a suscité plus de sottises. Il aurait suffi de lire un peu au-delà :

La puissance de bien juger et distinguer le vrai d'avec le faux, qui est proprement ce qu'on nomme le bon sens ou la raison, est naturellement égale en tous les hommes.

C'est, il est vrai, entre deux que Descartes se fait un hautain plaisir d'égarer le lecteur par la malice reprise de Montaigne ; malice qu'aussitôt il tourne, telle quelle, en une pensée fort sérieuse. Ainsi avance-t-il, de volte en volte, tout droit. Mélange de rigueur et de désinvolture. Voilà le cavalier. Dès les premiers mots du second alinéa, le cavalier donne de l'éperon :

> Pour moi, je n'ai jamais présumé que mon esprit fût en rien plus parfait que ceux du commun.

■ *Discours de la méthode.* Leyde, 1637. Page de titre. C'est à Utrecht, au cours des années 1635, qu'est conçu le projet du *Discours de la méthode* ; Descartes songe à le faire publier en France et insiste pour que ce soit dans une édition très soignée. Il compte joindre à l'exposé de sa métaphysique la *Dioptrique,* les *Météores* et la *Géométrie.* Il entend surtout mettre sa métaphysique à la portée du plus grand nombre. Le *Discours* se vendit mal, mais l'abondante correspondance qui suivit sa publication incita Descartes à préciser davantage sa métaphysique. (Paris, BNF.)

Et voilà le chevalier sur la route de son aventure personnelle : « Pour moi, je... »

Feuilletons, maintenant, en ne regardant que les premiers mots de chaque alinéa : « Mais je ne craindrai pas de dire que je pense avoir eu beaucoup d'heur de m'être rencontré dès ma jeunesse en certains chemins... », « Toutefois il se peut faire que je me trompe... », « Ainsi mon dessein n'est pas... », « J'ai été nourri... », « Je ne laissais pas... », « Mais je croyais... », « J'estimais fort... », « Je me plaisais... », et ainsi de suite jusqu'à la fin.

> Ainsi mon dessein n'est pas d'enseigner ici la méthode que chacun doit suivre pour bien conduire sa raison, mais seulement de faire voir en quelle sorte j'ai tâché de conduire la mienne. Ceux qui se mêlent de donner des préceptes se doivent estimer plus habiles que ceux auxquels ils les donnent ; et s'ils manquent à la moindre chose, ils en sont blâmables. Mais ne proposant cet écrit que comme une histoire, ou, si vous l'aimez mieux, que comme une fable, en laquelle, parmi quelques exemples qu'on peut imiter, on en trouvera peut-être aussi plusieurs autres qu'on aura raison de ne pas suivre, j'espère qu'il sera utile à quelques-uns, sans être nuisible à personne, et que tous me sauront gré de ma franchise.

Descartes dit bien : ma franchise ; non pas « mes découvertes » ou « mes préceptes », mais « ma franchise ».

Il est vrai que les sommaires des six parties, si on n'en lisait que les sommaires, pourraient laisser croire à une dissertation théorique : considérations touchant les sciences, principales règles de la méthode, règles de morale tirées de la méthode, preuves de l'existence de Dieu et de l'âme humaine, questions de physique et de médecine, choses requises pour aller plus avant en la recherche de la nature. Un traité de philosophie s'articulerait assez bien en effet sur ce plan. Mais il ne s'agit pas d'un traité de philosophie :

> Ne proposant cet écrit que comme une histoire, ou, si vous l'aimez mieux, que comme une fable…

Il s'agit d'une « Histoire de mes pensées ». Avant même de quitter la France, Descartes avait promis à Balzac d'écrire l'histoire de son esprit. Le philosophe est ici un homme, un homme qui dit *je,* un homme qui s'affirme comme homme et qui non seulement se contemple pensant, mais le fait selon l'ordre biographique. C'est l'autobiographie d'une pensée.

« Considérations touchant les sciences »

> Je serai bien aise de faire voir en ce discours quels sont les chemins que j'ai suivis, et d'y représenter ma vie comme en un tableau.

Ainsi les considérations sur les sciences qui définissent la première partie comportent aussi une peinture de l'homme considérant, et encore une histoire, selon le temps, de cet homme en route. Critique des connaissances et de la connaissance à l'époque où Descartes se formait, oui. Mais cette ironie si aiguë, cette admirable insolence ne sont pas d'un exposé doctrinal. La polémique elle-même, qui alors n'a pas l'habitude de moucheter ses armes (et Descartes, à cet égard, ne s'en laissera jamais remontrer par ses adversaires), est d'un ton différent, pesante, voire pédante. La critique ici s'assujettit à un mouvement tout autre que discursif : au mouvement d'un chapitre de *Mémoires,* – à un mouvement organique.

> J'ai été nourri aux lettres dès mon enfance ; et, pour ce qu'on me persuadait que par leur moyen on pouvait acquérir une connaissance claire et assurée de tout ce qui est utile à la vie, j'avais un extrême désir de les apprendre. Mais sitôt que j'eus achevé tout ce cours d'études au bout duquel on a coutume d'être reçu au rang des doctes, je changeai entièrement d'opinion. Car je me trouvais embarrassé de tant de doutes et d'erreurs qu'il me semblait n'avoir fait aucun profit, en tâchant

■ Lithographie de Rohner pour le *Discours de la méthode*. « Club du livre », Philippe Lebaud éd., 1976. Cette illustration d'un château de cartes montre comment Descartes use du doute contre les sceptiques et les athées, et parvient à atteindre par là la certitude : c'est du doute radical que naît l'évidence du *Cogito*. (Paris, BNF.)

de m'instruire, sinon que j'avais découvert de plus en plus mon ignorance. [...]

Je ne laissais pas toutefois d'estimer les exercices auxquels on s'occupe dans les écoles. Je savais que les langues que l'on y apprend sont nécessaires pour l'intelligence des livres anciens ; que la gentillesse des fables réveille l'esprit, que les actions mémorables des histoires le relèvent ; et qu'étant lues avec discrétion elles aident à former le jugement ; que la lecture de tous les bons livres est comme une conversation avec les honnêtes gens des siècles passés, qui en ont été les auteurs, et même une conversation étudiée en laquelle ils ne nous découvrent que les meilleures de leurs pensées ; que l'éloquence a des forces et des beautés incomparables ; que la poésie a des délicatesses et des douceurs très ravissantes ; que les mathématiques ont des inventions très subtiles, et qui peuvent beaucoup servir, tant à contenter les curieux, qu'à faciliter tous les arts et diminuer le travail des hommes ; que les écrits qui traitent des mœurs contiennent plusieurs enseignements et plusieurs exhortations à la vertu qui sont fort utiles, que la philosophie donne moyen de parler vraisemblablement de toutes choses et de se faire admirer des moins savants ; que la jurisprudence, la médecine et les autres sciences apportent des honneurs et des richesses à ceux qui les cultivent ; et enfin qu'il est bon de les avoir toutes examinées, même les plus superstitieuses et les plus fausses, afin de connaître leur juste valeur et se garder d'en être trompé.

Mais je croyais avoir déjà donné assez de temps aux langues, et même aussi à la lecture des livres anciens, et à leurs histoires, et à leurs fables. [...] Lorsqu'on est trop curieux des choses qui se pratiquaient aux siècles passés, on demeure ordinairement fort ignorant de celles qui se pratiquent en celui-ci. Outre que les fables font imaginer plusieurs événements comme possibles qui ne le sont point, et que même les histoires les plus fidèles, si elles ne changent ni n'augmentent la valeur des choses pour les rendre plus dignes d'être lues, au moins en omettentelles presque toujours les plus basses et moins illustres circonstances, d'où vient que le reste ne paraît pas tel qu'il est, et que ceux qui règlent leurs mœurs par les exemples qu'ils en tirent sont sujets à tomber dans les extravagances des paladins de nos romans et à concevoir des desseins qui passent leurs forces.

J'estimais fort l'éloquence et j'étais amoureux de la poésie, mais je pensais que l'une et l'autre étaient des dons de l'esprit plutôt que des fruits de l'étude. Ceux qui ont le raisonnement le plus fort, et qui digèrent le mieux leurs pensées afin de les rendre claires et intelligibles, peuvent toujours le mieux persuader ce qu'ils proposent, encore qu'ils ne parlassent que bas-breton et qu'ils n'eussent jamais appris de rhétorique ; et ceux qui ont les inventions les plus agréables, et qui les savent exprimer avec le plus d'ornement et de douceur, ne laisseraient pas d'être les meilleurs poètes, encore que l'art poétique leur fût inconnu.

Je me plaisais surtout aux mathématiques, à cause de la certitude et de l'évidence de leurs raisons ; mais je ne remarquais point encore leur vrai usage, et, pensant qu'elles ne servaient qu'aux arts mécaniques, je m'étonnais de ce que, leurs fondements étant si fermes et si solides, on n'avait rien bâti dessus de plus relevé. […]

Je révérais notre théologie, et prétendais autant qu'aucun autre à gagner le ciel ; mais ayant appris, comme chose très assurée, que le chemin n'en est pas moins ouvert aux plus ignorants qu'aux plus doctes, et que les vérités révélées qui y conduisent sont au-dessus de notre intelligence, je n'eusse osé les soumettre à la faiblesse de mes raisonnements, et je pensais que, pour entreprendre de les examiner et y réussir, il était besoin d'avoir quelque extraordinaire assistance du ciel et d'être plus qu'homme.

Je ne dirai rien de la philosophie, sinon que, voyant qu'elle a été cultivée par les plus excellents esprits qui aient vécu depuis plusieurs siècles, et que néanmoins il ne s'y trouve encore aucune chose dont on ne dispute, et par conséquent qui ne soit douteuse, je n'avais point

■ Double page suivante : *Les Sciences et les Arts*, par Van Stalbemt. Aucune des études que Descartes a faites ne lui a fourni une « connaissance claire et assurée de tout ce qui est utile à la vie ». C'est à partir du doute et contre la vacuité de ces savoirs que s'élaborera la philosophie cartésienne. (Madrid, musée du Prado.)

assez de présomption pour espérer d'y rencontrer mieux que les autres ; et que, considérant combien il peut y avoir de diverses opinions touchant une même matière, qui soient soutenues par des gens doctes, sans qu'il y en puisse jamais avoir plus d'une seule qui soit vraie, je réputais presque pour faux tout ce qui n'était que vraisemblable.

Puis, pour les autres sciences, d'autant qu'elles empruntent leurs principes de la philosophie, je jugeais qu'on ne pouvait avoir rien bâti qui fût solide sur des fondements si peu fermes et ni l'honneur ni le gain qu'elles promettent n'étaient suffisants pour me convier à les apprendre ; car je ne me sentais point, grâce à Dieu, de condition qui m'obligeât à faire un métier de la science pour le soulagement de ma fortune ; et, quoique je ne fisse pas profession de mépriser la gloire en cynique, je faisais néanmoins fort peu d'état de celle que je n'espérais pouvoir acquérir qu'à faux titres.

Il est peu vraisemblable que Descartes ait formé toute cette réflexion dès la sortie du collège, vers la dix-huitième année, vingt-trois ans avant le *Discours.* Dirons-nous qu'il a menti ?

Dans *Swann,* à l'épisode des aubépines, on voit les fleurs pascales voisiner avec des coquelicots et des bleuets. Proust décrit moins un lieu précis et une époque datée que le souvenir qu'il en a gardé ; non pas une haie d'aubépine, mais le sentiment qu'il réveille en lui lorsqu'il l'évoque ; non pas des objets anciens dans la perspective de l'objectivité contrôlable et des faits établis, mais la présence actuelle du souvenir vivant : le coquelicot et l'aubépine revivent ensemble fleuris dans la mémoire passionnée où se retrouve le temps perdu ; c'est l'erreur qui est vraie, et l'exactitude qui serait mensongère. (De même il n'aurait pas aimé Gilberte pour ses yeux bleus, comme il l'explique deux pages plus loin, si elle ne les avait eus noirs.)

Ainsi fait Descartes lorsqu'il se raconte à lui-même l'histoire de ses pensées. « *Une fable* », a-t-il dit ; une fable qui exprime une vérité plus vraie que la réalité. Il sait que celui qui la raconte est bien différent déjà de celui qui la vivait : c'est de cette différence même qu'il se propose de prendre conscience. Il ne se pose pas en érudit ; il ne considère pas son passé comme tel ; il cherche la formule d'un changement, parce qu'elle donnera sens à son présent. Il est alors un homme de quarante ans. Âge d'un recensement : l'homme dénombre et mesure ses forces, tantôt pour masquer sous des dehors raisonnables quelque renoncement, tantôt pour prendre le grand élan après le désordre de la jeunesse. Montaigne aussi – encore Montaigne – avait, devant la quarantaine, marqué l'arrêt. Descartes, parvenu à cet âge climatérique de l'homme, se retourne, et d'un seul regard contemple non seulement le chemin parcouru, mais aussi, et plutôt, le mouvement même qui l'a porté jusqu'ici, et dont la formule, reconnue, acceptée, authentifiée et désormais voulue, va devenir la loi de son avenir. Le *Discours de la méthode* est ainsi tout entier la confidence d'un homme en marche sur le moment de sa pensée où s'est engagée l'aventure sans retour.

Homme méditant

Le titre n'en annonçait rien. Rien aussi, en 1641, ne laisse prévoir un mouvement romanesque dans le livre qui aura pour titre définitif *Méditations touchant la première philosophie, dans lesquelles l'existence de Dieu et la distinction réelle entre l'âme et le corps de l'homme sont démontrées.*

Or Descartes ne s'y contente pas de « démontrer » : de même qu'il avait subordonné l'exposé de sa méthode au mouvement d'une pensée vivante et à la trajectoire personnelle d'un individu pensant, de même ici il subordonne ses démonstrations métaphysiques au rythme organique de soi-même méditant. Il raisonne, oui ; mais il soutient son raisonnement de la peinture de l'homme qui cherche et qui raisonne. Et cet homme, encore, et d'un bout à l'autre, dit *je* ; comme dans le *Discours,* il demeure, et prend grand soin de demeurer, celui qui

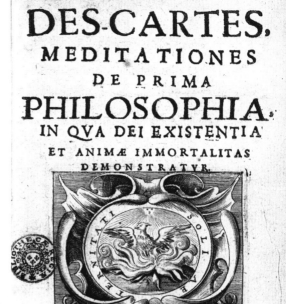

RENATI
DES-CARTES,
MEDITATIONES
DE PRIMA
PHILOSOPHIA,
IN QVA DEI EXISTENTIA
ET ANIMÆ IMMORTALITAS
DEMONSTRATVR.

PARISIIS,
Apud MICHAELEM SOLY, viâ Iacobeâ, sub
signo Phœnicis.

M. DC. XLI.
Cum Priuilegio, & Approbatione Doctorum.

■ *Méditations
métaphysiques.*
Paris, 1641,
page de titre. Les
réactions qui suivirent
la publication
du *Discours de
la méthode* incitaient
Descartes à donner
de sa métaphysique
un exposé plus
complet : les
Méditations posent
ainsi les fondements
de la physique
(l'existence du Dieu
vérace, l'âme comme
substance pensante)
en un tout exhaustif.
Pour éclairer
son texte, Descartes y
joint, dès la première
édition, les *Objections*
de lecteurs choisis
et ses *Réponses.*
(Paris, BNF.)

pense selon sa propre forme. Il ne lui suffit pas d'être
arrivé ; il lui faut décrire sa propre route, et lui-même en
route, et lui-même cherchant sa route, et ses tâtonne-
ments, et ses efforts, et même sa lassitude, puis sa joie.

Et par surcroît, et à nouveau, il prend soin de replacer
sa quête dans le temps, et non pas dans le temps historique mais dans la durée et dans sa propre durée, avec le

mot *temps* et un rappel d'autobiographie mis en vedette dès la première ligne, aussi ostensiblement et d'une manière aussi provocante que le *bon sens* à la première ligne du *Discours*. Par fiction ? Il est vrai, mais cette volonté de fiction ne signifie-t-elle pas d'autant plus ? C'est une déclaration de romanesque :

> Il y a déjà quelque temps que je me suis aperçu que, dès mes premières années, j'avais reçu quantité de fausses opinions pour véritables, et que ce que j'ai depuis fondé sur des principes si mal assurés, ne pouvait être que fort douteux et incertain ; de façon qu'il me fallait entreprendre sérieusement une fois en ma vie de me défaire de toutes les opinions que j'avais reçues jusques alors en ma créance, et commencer tout de nouveau dès les fondements, si je voulais établir quelque chose de ferme et de constant dans les sciences. Mais cette entreprise me semblant être fort grande, j'ai attendu que j'eusse atteint un âge qui fût si mûr, que je n'en pusse espérer d'autre après lui, auquel je fusse plus propre à l'exécuter ; ce qui m'a fait différer si longtemps, que désormais je croirais commettre une faute, si j'employais encore à délibérer le temps qu'il me reste pour agir.
>
> Maintenant donc que mon esprit est libre de tous soins, et que je me suis procuré un repos assuré dans une paisible solitude, je m'appliquerai sérieusement et avec liberté à détruire généralement toutes mes anciennes opinions. [...]
>
> Mais ce dessein est pénible et laborieux, et une certaine paresse m'entraîne insensiblement dans le train de ma vie ordinaire. Et tout de même qu'un esclave qui jouissait dans le sommeil d'une liberté imaginaire, lorsqu'il commence à soupçonner que sa liberté n'est qu'un songe, craint d'être réveillé, et conspire avec ces illusions agréables pour en être plus longtemps abusé, ainsi je retombe insensiblement de moi-même dans mes anciennes opinions, et j'appréhende de me réveiller de cet assoupissement, de peur que les veilles

laborieuses qui succéderaient à la tranquillité de ce repos, au lieu de m'apporter quelque jour et quelque lumière dans la connaissance de la vérité, ne fussent pas suffisantes pour éclaircir les ténèbres des difficultés qui viennent d'être agitées.

(Début et fin de la *Première Méditation*.)

La Méditation que je fis hier m'a rempli l'esprit de tant de doutes, qu'il n'est plus désormais en ma puissance de les oublier. Et cependant je ne vois pas de quelle façon je les pourrai résoudre ; et comme si tout à coup j'étais tombé dans une eau très profonde, je suis tellement surpris, que je ne puis ni assurer mes pieds dans le fond, ni nager pour me soutenir au-dessus. Je m'efforcerai néanmoins, et suivrai derechef la même voie où j'étais entré hier, en m'éloignant de tout ce en quoi je pourrai imaginer le moindre doute, tout de même que si je connaissais que cela fût absolument faux ; et je continuerai toujours dans ce chemin, jusqu'à ce que j'aie rencontré quelque chose de certain, ou du moins, si je ne puis autre chose, jusqu'à ce que j'aie appris certainement, qu'il n'y a rien au monde de certain.

(Début de la *Seconde Méditation*.)

Je fermerai maintenant les yeux, je boucherai mes oreilles, je détournerai tous mes sens, j'effacerai même de ma pensée toutes les images des choses corporelles, ou du moins, parce qu'à peine cela se peut-il faire, je les réputerai comme vaines et comme fausses ; et ainsi m'entretenant seulement moi-même, et considérant mon intérieur, je tâcherai de me rendre peu à peu plus connu et plus familier à moi-même. [...]

Mais, auparavant que j'examine cela plus soigneusement, et que je passe à la considération des autres vérités que l'on en peut recueillir, il me semble très à propos de m'arrêter quelque temps à la contemplation de ce Dieu tout parfait, de peser tout à loisir ses merveilleux attributs, de considérer, d'admirer et d'adorer l'incomparable beauté de cette immense lumière, au moins autant que la force de mon esprit, qui en demeure en quelque sorte ébloui, me le pourra permettre.

Car, comme la foi nous apprend que la souveraine félicité de l'autre vie ne consiste que dans cette contemplation de la Majesté divine, ainsi expérimenterons-nous dès maintenant, qu'une semblable méditation, quoique incomparablement moins parfaite, nous fait jouir du plus grand contentement que nous soyons capables de ressentir en cette vie.

(Début et fin de la *Troisième Méditation*.)

La fiction d'un raisonnement développé selon la durée se soutient dans les dernières Méditations avec moins de rigueur. Jusqu'ici l'artifice était au service de l'expression, maintenant il l'asservirait : jusqu'ici plus vrai que le vrai, mais mensonger dès qu'il devient superflu (tel est le propre de la rhétorique). Toutefois la dernière page rappelle encore « tous les doutes de ces jours passés » opposés aux jugements d'« à présent ». Et, curieusement, les dernières lignes, au lieu de claironner les certitudes métaphysiques de l'esprit pur, renfoncent l'esprit dans l'homme et l'homme dans la nécessité extérieure (c'est un avertissement dont Valéry se souviendra pour le finale du « Cimetière marin ») :

Mais parce que la nécessité des affaires nous oblige souvent à nous déterminer, avant que nous ayons eu le loisir de les examiner si soigneusement, il faut avouer que la vie de l'homme est sujette à faillir fort souvent dans les choses particulières ; et enfin il faut reconnaître l'infirmité et la faiblesse de notre nature.

L'homme méditant s'exhorte à garder vif le sentiment de la condition humaine, et se rappelle à lui-même, en terminant, qu'il dépend du monde autant que de ce temps qu'il invoquait en commençant.

Je n'entends pas parler des corps en général, car ces notions générales sont d'ordinaire plus confuses, mais de quelqu'un en particulier. Prenons pour exemple ce morceau de cire qui vient d'être tiré de la ruche : il n'a pas encore perdu la douceur du miel qu'il contenait, il retient encore quelque chose de l'odeur des fleurs dont il a été recueilli ; sa couleur, sa figure, sa grandeur, sont apparentes ; il est dur, il est froid, on le touche, et si vous le frappez, il rendra quelque son. Enfin toutes les choses qui peuvent distinctement faire connaître un corps, se rencontrent en celui-ci.

Mais voici que, cependant que je parle, on l'approche du feu ; ce qui y restait de saveur s'exhale, l'odeur s'évanouit, sa couleur se change, sa figure se perd, sa grandeur augmente, il devient liquide, il s'échauffe, à peine le peut-on toucher, et quoiqu'on le frappe, il ne rendra plus aucun son. La même cire demeure-t-elle après ce changement ? Il faut avouer qu'elle demeure et personne ne le peut nier. Qu'est-ce donc que l'on connaissait en ce morceau de cire avec tant de distinction ? Certes ce ne peut être rien de tout ce que j'y ai remarqué par l'entremise des sens, puisque toutes les choses qui tombaient sous le goût, ou l'odorat, ou la vue, ou l'attouchement, ou l'ouïe, se trouvent changées, et cependant la même cire demeure. Peut-être était-ce ce que je pense maintenant, à savoir que la cire n'était pas ni cette douceur du miel, ni cette agréable odeur des fleurs, ni cette blancheur, ni cette figure, ni ce son, mais seulement un corps qui un peu auparavant me paraissait sous ces formes, et qui maintenant se fait remarquer sous d'autres. Mais qu'est-ce, précisément parlant, que j'imagine, lorsque je la conçois en cette sorte ? Considérons-le attentivement, et éloignant toutes les choses qui n'appartiennent point à la cire, voyons ce qui reste. Certes il ne demeure rien que quelque chose d'étendu, de flexible et de muable. Or qu'est-ce que cela : flexible et muable ? N'est-ce pas que j'imagine que cette cire étant ronde est capable de devenir carrée, et de passer du carré en une figure triangulaire ? Non certes, ce n'est pas cela, puisque je la conçois capable de recevoir une infinité de semblables changements, et je ne saurais néanmoins parcourir cette infinité par

■ *Saint Joseph charpentier* (détail), par Georges La Tour. On connaît l'importance de la lumière chez Descartes ; les *Méditations* se fondent sur deux certitudes qui éclairent de leur force toute la philosophie cartésienne : la certitude du *Cogito*, vraie tout le temps que je le pense, et la certitude de la véracité divine, inscrivant dans la durée toutes mes certitudes, y compris celles du *Cogito*. (Paris, musée du Louvre.)

mon imagination, et par conséquent cette conception que j'ai de la cire ne s'accomplit pas par la faculté d'imaginer.

Qu'est-ce maintenant que cette extension ? N'est-elle pas aussi inconnue, puisque dans la cire qui se fond elle augmente, et se trouve encore plus grande quand elle est entièrement fondue, et beaucoup plus encore quand la chaleur augmente davantage ? Et je ne concevrais pas clairement et selon la vérité ce que c'est que la cire, si je ne pensais qu'elle est capable de recevoir plus de variétés selon l'extension, que je n'en ai jamais imaginé. Il faut donc que je tombe d'accord, que je ne saurais pas même concevoir par l'imagination ce que c'est que cette cire, et qu'il n'y a que mon entendement seul qui le conçoive ; je dis ce morceau de cire en particulier, car pour la cire en général, il est encore plus évident. Or quelle est cette cire, qui ne peut être conçue que par l'entendement ou l'esprit ? Certes c'est la même que je vois, que je touche, que j'imagine, et la même que je connaissais dès le commencement. Mais ce qui est à remarquer, sa perception, ou bien l'action par laquelle on l'aperçoit, n'est point une vision, ni un attouchement, ni une imagination, et ne l'a jamais été, quoiqu'il le semblât ainsi auparavant, mais seulement une inspection de l'esprit, laquelle peut être imparfaite

et confuse, comme elle était auparavant, ou bien claire et distincte, comme elle est à présent, selon que mon attention se porte plus ou moins aux choses qui sont en elle, et dont elle est composée.

Cependant je ne me saurais trop étonner, quand je considère combien mon esprit a de faiblesse, et de pente qui le porte insensiblement dans l'erreur. Car encore que sans parler je considère tout cela en moi-même, les paroles toutefois m'arrêtent, et je suis presque trompé par les termes du langage ordinaire ; car nous disons que nous voyons la même cire, si on

« POUR MOI, JE... »

■ *L'Ancien Hôtel de Ville d'Amsterdam*, par Pieter Jansz Saenredam, 1637. À Amsterdam, sur le mur de la maison où Descartes a probablement vécu, a été apposée une plaque où figure cette interrogation de Descartes lui-même : « Quel autre pays où l'on puisse jouir d'une liberté si entière ? » (Amsterdam, Rijksmuseum.)

nous la présente, et non pas que nous jugeons que c'est
la même, de ce qu'elle a même couleur et même figure :
d'où je voudrais presque conclure, que l'on connaît la
cire par la vision des yeux, et non par la seule inspection de l'esprit, si par hasard je ne regardais d'une
fenêtre des hommes qui passent dans la rue, à la vue
desquels je ne manque pas de dire que je vois des
hommes, tout de même que je dis que je vois de la
cire ; et cependant que vois-je de cette fenêtre, sinon
des chapeaux et des manteaux, qui peuvent couvrir des
spectres ou des hommes feints qui ne se remuent que
par ressorts ? Mais je juge que ce sont de vrais hommes,
et ainsi je comprends, par la seule puissance de juger
qui réside en mon esprit, ce que je croyais voir de mes
yeux.   *(Seconde Méditation.)*

Descartes a-t-il jamais livré sur lui-même de révélation
aussi lumineuse, et qui justifie aussi évidemment le mot
d'Alain que « nul n'a pensé plus près de soi » ? D'abord
un refus des considérations générales ; à leur place, une
analyse très précise, et poussée aussi loin que de besoin,
d'un objet particulier, et même (il l'a dit quelques lignes
plus haut) d'un objet commun : c'est-à-dire d'un objet
très manifestement imbriqué dans l'ordre des choses et
dans l'ordre de l'expérience banale. Mais il ne suffit pas
d'en indiquer les propriétés par des signes abstraits :
pour que la pensée soit engagée tout entière, il faut que
le sentiment lui-même soit saisi, pour être à la fois nié et
sauvé, maintenu et dépassé. D'où cet objet si puissamment existant ; d'où cet homme si puissamment existant,
lui aussi, et qui sent, qui perçoit et qui s'évertue. D'où la
douceur du miel et le parfum des fleurs. D'où ce Monsieur René Descartes qui hume de son propre nez, qui
pétrit de ses propres mains, qui parcourt de long en
large son cabinet. Il y a un grand feu qui flambe dans la
cheminée. Il s'en approche, il en approche le morceau
de cire. Toujours songeant il va à la fenêtre, laisse errer
son regard, et « par hasard » il voit dans la rue ces chapeaux et ces manteaux qui passent et que son esprit juge

être « de vrais hommes »… Romanesque et poésie
mêlés. Cette analyse est une méditation, cette méditation
est un chant. « L'homme pense son propre chant, dit
encore Alain, et ne pense rien d'autre. » Descartes confie
ici le grand secret de son allure. D'un mouvement exactement contraire à celui que prétend désigner le mot *cartésien* du langage courant, il ne va à l'universel que par le
plus particulier, le plus individuel, le plus personnel. Il
veut trouver et dévoiler des vérités absolues, qui demeurent vraies quels que soient les êtres, les circonstances,
les lieux, les natures et le temps ; il veut les rendre com-
municables à la totalité de ces hommes entre qui le bon
sens est si également partagé : et le chemin qu'il prend
est de tourner le dos à toute généralité et de partir, dans
l'extrême solitude de la conscience, vers le cœur profond
de lui-même.

Philosophie par lettres

Les *Principes de la philosophie* de 1644, les *Passions de
l'âme* de 1649 sont maintenant des traités ; Descartes
maintenant énumère, décrit, démontre, enseigne. Il est
vrai que la préface des *Principes* rappelle encore le ton
du *Discours* et des *Méditations*, mais c'est une préface. Il
est vrai que les *Passions* traduisent une haute confidence, et si essentielle peut-être que Descartes eût jugé
impudique de la livrer sur un mode plus direct (il ne
saurait tirer le *je* à l'indiscrétion, s'agissant de saisir à sa
naissance une pensée qui meurt dès qu'elle cesse de
naître) ; mais quel livre n'est pas confidence à ce
compte-là ? Soit que les sujets le comportent, soit qu'à
l'inverse il se donne des contraintes formelles pour se
rabattre lui-même, Descartes maintenant mesure ses
développements à des cadres étroits. Les 504 articles des
Principes, les 212 articles des *Passions* dépassent rarement une petite page. Le morcellement est la règle. On
n'aperçoit plus aucune de ces longues plages souples où
le *je* déroulait librement son flot.

Et on croirait que Descartes se lasse de publier en
même temps qu'il change de manière. Le 15 juin 1646,

■ Sérigraphie
de Malevitch illustrant
les *Principes de la
philosophie* (partie I,
26). Les *Principes*
exposent de façon
à la fois synthétique
et analytique
la philosophie
cartésienne et
illustrent parfaitement
cette constatation
de Descartes lui-
même : « Toutes
mes opinions sont
si jointes ensemble
et dépendent si fort
les unes des autres,
qu'on ne s'en saurait
approprier aucune
sans les avoir toutes »
(à Mersenne,
22 février 1638).
(Paris, BNF.)

parlant à Chanut des *Passions* dont il vient de rédiger un premier état, il déclare n'avoir pas « dessein de le mettre au jour », et il ajoute :

> Je serais maintenant d'humeur à écrire encore quelque autre chose, si le dégoût que j'ai de voir combien il y a peu de personnes au monde qui daignent lire mes écrits ne me faisait être négligent.

Au même, peu après, le 1er novembre :

> Je crois que le mieux que je puisse faire dorénavant, est
> de m'abstenir de faire des livres.

Découragé, irrité devant trop d'indifférence et devant trop de mauvaise foi, il veut renoncer. Les lettres des dernières années font sans cesse allusion à ce détachement. Et cependant elles le montrent toujours plus occupé du Traité de Morale qu'il voudrait et ne peut composer. Il ne le composera jamais. Et la première idée qui vienne est que nous en sommes privés par la faute de l'incompréhension de ses contemporains.

Mais dès le *Discours* il avait parlé publiquement de l'inclination qui, disait-il, « m'a toujours fait haïr le métier de faire des livres » (sixième partie). Jadis Joachim Descartes déclarait par raillerie qu'entre ses fils celui-là n'était « bon qu'à se faire relier en veau » ; raillerie affectueuse ou raillerie sarcastique, on ne sait. On ne sait guère d'ailleurs comment s'entendaient le père et le fils : du moins est-il assez constant, quand le fils atteint la quarantaine, qu'un père même méconnu, même méconnaissant, retrouve à ses yeux tout le prestige du Père ; et lorsque Descartes perdra le sien en 1640, il s'en montrera, nous le verrons, fort affecté. Peut-être la boutade de Joachim s'était-elle plantée profondément dans l'esprit de René.

Quoi qu'il en soit, il avait reconnu très tôt en lui un trait de nature qui le rendait tout indépendant à l'égard de l'écrivain que ses amis lui demandaient d'être. Le 15 avril 1630 il écrivait à Mersenne, à propos d'un opuscule en cours de rédaction :

> J'y travaille fort lentement, parce que je prends beau-
> coup plus de plaisir à m'instruire moi-même, que non
> pas à mettre par écrit le peu que je sais. [...] Je passe si
> doucement le temps en m'instruisant moi-même, que
> je ne me mets jamais à écrire en mon traité que par
> contrainte [...]. J'ai plus de soin et crois qu'il est plus
> important que j'apprenne ce qui m'est nécessaire pour

la conduite de ma vie, que non pas que je m'amuse à publier le peu que j'ai appris.

À Huygens, le 1er novembre 1635, à propos de l'essai sur les *Météores,* encore inachevé :

> J'y ai travaillé assez diligemment les deux ou trois premiers mois de cet été, à cause que j'y trouvais plusieurs difficultés que je n'avais encore jamais examinées, et que je démêlais avec plaisir. Mais il faut que je vous fasse des plaintes de mon humeur : sitôt que je n'ai plus espéré d'y rien apprendre, ne restant plus qu'à les mettre au net, il m'a été impossible d'en prendre la peine [...].

La même note continue à retentir au long de la *Correspondance* : c'est de nouveau l'« humeur » de Montaigne, « avide des choses nouvelles et inconnues », – qui ne s'est perdue ailleurs que pour mieux reparaître ici. Descartes ne se sent vraiment être Descartes que dans l'activité de la recherche, dans l'excitation qui le prend devant l'inconnu. Les résultats une fois acquis, et lorsqu'il ne lui reste plus qu'à les consigner et ordonner, le voilà qui soudain s'ennuie. Il préfère différer, ou renoncer. Il se passionne dans la quête ; fixée, la pensée est pour lui une pensée morte. Nous retrouvons les « charmes inexplicables » qu'ont aux yeux de Dom Juan les inclinations naissantes.

Aux alentours de la cinquantaine, tout conspire à le confirmer dans cette préférence, les déceptions qui lui viennent du dehors comme l'affaiblissement qu'il ressent en lui-même de l'esprit de vagabondage. Il se replie sur soi, et songe de moins en moins à s'attirer, avec de nouveaux livres, de nouvelles affaires. Le traité des *Passions* même ne doit d'être écrit, achevé et publié qu'à des circonstances particulières de l'amitié. On croirait que Descartes pressent que la vie va se retirer de lui et commence lui-même à se retirer de la vie publique. « Tircis, il faut penser à faire la retraite... »

Or, dans ces mêmes années, l'œuvre écrite de Descartes, loin de s'étioler, se gonfle d'un renouveau. Il entre en relation avec Élisabeth en 1643, avec Christine en 1647 : sa vitalité ne dépérit pas, mais change d'objet et désormais s'applique de préférence aux lettres qu'il adresse aux deux femmes, ainsi qu'aux lettres à Chanut qui forment comme une filiale des lettres à Christine. Et le traité des *Passions* peut n'être qu'un département privilégié de cette correspondance :

> Je vous envoie un recueil de quelques autres lettres [...]. Et j'y ai joint un petit *Traité des Passions* qui n'en est pas la moindre partie.
>
> (Lettre à Chanut du 20 novembre 1647.)

Descartes hait le métier de faire des livres. Cela ne veut pas dire seulement qu'il répugne à la condition d'homme de lettres. Cela signifie aussi qu'il ne participe pas à la notion moderne de littérature, ni même à la notion d'œuvre littéraire que va bientôt élaborer l'équipe de Louis XIV. La Bruyère : « C'est un métier que de faire un livre, comme de faire une pendule : il faut plus que de l'esprit pour être auteur. » Rien ne laisse croire que Descartes pût s'intéresser aux problèmes de la technique littéraire ; peut-être aurait-il pensé plutôt qu'ils se résolvent d'eux-mêmes dans la lucidité (l'idée de lucidité étant une autre face de l'idée d'évidence), donc, quoi que doive dire La Bruyère, que l'esprit suffit – pourvu qu'on ait assez d'esprit. La correspondance de Baudelaire, la correspondance de Flaubert se situent sur un autre plan que le plan de l'œuvre ; celle de Diderot, non. Descartes était trop profondément l'homme qui dit « je » pour changer de registre en passant de l'un à l'autre exercice de l'écriture. Entre ses lettres et ses livres le courant des échanges est libre et constant ; c'est toujours le même Descartes qui tient la plume.

Seulement, depuis qu'il connaît Élisabeth, il partage son effort, entre livres et lettres, d'une manière toujours plus inégale. Ses lettres ne sont peut-être pas plus nombreuses qu'auparavant (il en a toujours beaucoup écrit) ; mais c'est en elles maintenant qu'il met tout le meilleur de lui-même. Le 12 octobre 1646, au moment où il se

« POUR MOI, JE... »

montre à la fois si excédé et si découragé, il prend Mersenne à témoin :

> Je déclare, dès à présent, que je ne sais plus lire aucuns écrits excepté les lettres de mes amis, qui m'apprendront de leurs nouvelles et en quoi j'aurai moyen de les servir, comme aussi je n'écrirai jamais plus rien que des lettres à mes amis, dont le sujet sera, *si vales, bene est,* etc.

et il voudrait, affirme-t-il à Chanut le 1er novembre, « n'étudier plus que pour m'instruire, et ne communiquer mes pensées qu'à ceux avec qui je pourrai converser privément ». Il n'a renoncé ni à la densité ni à la pulsation de ce « je » qui à l'époque du *Discours* et à celle des *Méditations* faisait le bonheur d'écrire ; mais puisque le « je » n'a plus de place dans les livres d'aujourd'hui,

■ Portrait anonyme d'Élisabeth, princesse Palatine. Dans sa correspondance avec Élisabeth, Descartes montre combien une philosophie bien menée (selon l'ordre des raisons) peut être à même de régler l'usage des passions. Élisabeth avait en effet un tempérament mélancolique, aggravé par des malheurs familiaux : son père Frédéric de Bohème, battu, dut quitter Prague ; Élisabeth vit alors en exil, à La Haye ou dans le Brandebourg chez sa tante, née Stuart. C'est donc son oncle maternel, Charles Ier d'Angleterre, qui est détrôné et décapité en 1649.

les livres céderont le pas aux lettres. Et cette apparente volte-face, ce renversement apparent de l'élan traduisent en réalité une fidélité à soi supérieure.

Ne regrettons pas le Traité de Morale que Descartes n'a jamais écrit : il l'a écrit. Il l'a écrit sous une forme qui n'était plus celle d'un traité, mais qui répondait mieux à la forme même de l'écrivain. On a pu éditer à part ces *Lettres sur la morale* adressées à Élisabeth, à Chanut, à Christine : un recueil qui n'a jamais dû être un livre, un groupement tout factice, – un des ouvrages de Descartes les plus cartésiens. La découverte de soi et la découverte étant pour lui une même action, il éprouve à plein dans la correspondance cet excédent de puissance et cette réserve d'accélération où est le propre de sa vertu. Il n'a jamais dit : produire par ordre mes pensées. Celui qui produirait par ordre ses pensées, c'est le Descartes de la légende. Il a dit : conduire par ordre mes pensées. C'est-à-dire les prendre comme elles naissent pour les diriger vers l'élucidation. C'est pourquoi nous retrouvons dans les lettres à Élisabeth et à Christine un frémissement et un bruissement qui, au-delà de la banale confidence, signalent le mouvement organique d'un esprit qui se saisit des objets proposés par l'occasion et qui engage l'exercice de sa puissance. L'aventure spirituelle que lui offrent en voyage les surprises du dépaysement et peut-être dans la recherche scientifique l'imprévu des expériences, lui est offerte ici par les questions, les inquiétudes, voire les fantaisies de ses correspondantes, – toujours par les provocations de l'extérieur. Lui-même, s'il veut engager avec elles un débat sur le souverain bien ou sur la politique, plutôt que de créer de toutes pièces l'occasion, préfère provoquer la provocation, et chercher une excitation dans les livres de Sénèque et de Machiavel, selon un ordre autre que le sien propre. Toujours briser la routine et traverser les mécanismes de l'intellect, pour libérer l'invention et se retrouver soi, à l'état pur, dans la conscience de l'inventeur. Et c'est toujours ce qui, au lieu de *cogitare* et *esse*, lui a fait écrire jadis *cogito* et *sum*.

SCÈNES
DE LA VIE PRIVÉE

Emploi du temps

Ce qui montre bien que le recours au « je » est méthode de pensée, c'est que, parlant de soi si souvent, Descartes en même temps se tient tout discret. Des souvenirs évoqués – épanchements ou anecdotes – refouleraient le passé dans le passé, alors que le mouvement de l'homme est commandé par la joie du temps constamment retrouvé. Même dans ses lettres, où il lui arrive souvent de décrire son présent ou du moins d'y faire allusion, il n'aime guère retourner en arrière ; encore ne le fait-il jamais que pour mieux asseoir une pensée présente.

C'est pour assurer sur un exemple éprouvé ses conseils de médecin-moraliste, sa thérapeutique de la nonchalance, du contentement et de la joie, qu'il se laisse aller une fois, une seule fois, en mai ou juin 1645, en écrivant à son amie Élisabeth, à évoquer sa mère et sa propre jeunesse :

> J'ai expérimenté en moi-même, qu'un mal presque semblable, et même plus dangereux, s'est guéri par le remède que je viens de dire. Car, étant né d'une mère qui mourut, peu de jours après ma naissance, [en fait treize mois et demi, le 13 mai 1597 : enfant sans mère en tout cas], d'un mal de poumon, causé par quelques déplaisirs, [sur lesquels on ne sait rien], j'avais hérité d'elle une toux sèche, et une couleur pâle, que j'ai gardée jusques à l'âge de plus de vingt ans, et qui faisait

■ *Portrait de Descartes, jeune homme.* École française, XVIIe siècle. Descartes avoue avoir conservé longtemps une allure chétive, un teint pâle et une faible santé. (Toulouse, musée des Augustins.)

que tous les médecins qui m'ont vu avant ce temps-là, me condamnaient à mourir jeune. Mais je crois que l'inclination que j'ai toujours eue à regarder les choses qui se présentaient du biais qui me les pouvait rendre le plus agréables, et à faire que mon principal contentement ne dépendît que de moi seul, est cause que cette indisposition, qui m'était comme naturelle, s'est peu à peu entièrement passée.

La faiblesse de sa santé, jointe, dit Baillet, à l'« esprit porté naturellement à la méditation » qu'on lui voyait, fit qu'à La Flèche, entre autres faveurs, on l'autorisait à se lever aussi tard que bon lui semblait : trouvant à son réveil « toutes les forces de son esprit recueillies, et tous ses sens rassis par le repos de la nuit », il « profitait de ces favorables conjonctures pour méditer. Cette pratique lui tourna tellement en habitude, qu'il s'en fit une manière d'étudier pour toute sa vie : et l'on peut dire que c'est aux matinées de son lit, que nous sommes redevables de ce que son esprit a produit de plus important dans la Philosophie, et dans les Mathématiques ». Encore un trait commun avec Montaigne, et qu'il ne faut pas craindre de dresser en face du mot trop militaire de Napoléon, que l'avenir est aux gens qui se lèvent tôt.

On se rappelle l'anecdote de Le Vasseur d'Étioles, qui à onze heures passées le surprit un jour, par le trou de la serrure, encore au lit. Durant toutes ses années de Hollande on le voit veillant tard et se levant tard. Il fallut la folie et l'extravagance, selon les mots de Maxime Leroy, de la reine Christine, qui à Stockholm le convoquait le matin à cinq heures, sans souci du « dérangement qu'elle devait causer de sa manière de vivre » (Baillet), pour rompre son habitude : il en mourut.

Dix heures de sommeil étaient sa mesure, il l'écrit à Balzac le 15 avril 1631 :

Je dors ici dix heures toutes les nuits, et sans que jamais aucun soin me réveille ; après que le sommeil a longtemps promené mon esprit dans des buis, des jardins, et des palais enchantés, où j'éprouve tous les plai-

sirs qui sont imaginés dans les fables, je mêle insensiblement mes rêveries du jour avec celles de la nuit ; et quand je m'aperçois d'être éveillé, c'est seulement afin que mon contentement soit plus parfait, et que mes sens y participent ; car je ne suis pas si sévère, que de leur refuser aucune chose qu'un philosophe leur puisse permettre, sans offenser sa conscience.

Il n'est sévère, nous le savons déjà, que sur le « relâche » qu'il veut qu'on ménage à l'esprit ; et il ne craint pas (foin des pédants !) de se donner en exemple :

> Je puis dire, avec vérité, que la principale règle que j'ai toujours observée en mes études, et celle que je crois m'avoir le plus servi pour acquérir quelque connaissance, a été que je n'ai jamais employé que fort peu d'heures, par jour, aux pensées qui occupent l'imagination, et fort peu d'heures, par an, à celles qui occupent l'entendement seul, et que j'ai donné tout le reste de mon temps au relâche des sens et au repos de l'esprit ; même je compte, entre les exercices de l'imagination, toutes les conversations sérieuses, et tout ce à quoi il faut avoir de l'attention. C'est ce qui m'a fait retirer aux champs ; car encore que, dans la ville la plus occupée du monde, je pourrais avoir autant d'heures à moi, que j'en emploie maintenant à l'étude, je ne pourrais pas toutefois les y employer si utilement, lorsque mon esprit serait lassé par l'attention que requiert le tracas de la vie.　　　(Lettre à Élisabeth, 28 juin 1643.)

L'épée d'un philosophe

Entré dans les troupes de Maurice de Nassau, en 1618 comme volontaire – et seulement, précise Baillet, « pour étudier les mœurs différentes des hommes plus au naturel et pour tâcher de se mettre à l'épreuve de tous les accidents de la vie » –, Descartes se souciait déjà, même dans l'état militaire, de préserver sa liberté : « Afin de n'être gêné par aucune force supérieure, il renonça d'abord à toute charge. » Il refusa même d'être payé, et « s'entretint toujours à ses dépens » (il ne cessera de se féliciter d'une situation de fortune qui lui assurait l'indépendance) ; toutefois, « pour garder la forme, il fallut recevoir au moins une fois la paye » ; et il eut « la curiosité de conserver cette solde pendant toute sa vie » – c'était une pièce d'or, un doublon espagnol – « comme un témoignage de sa milice ».

Dès sa sortie du collège il s'était entraîné « à monter à cheval, à faire des armes, et aux autres exercices convenables à sa condition ». Il lui arriva d'écrire un *Art d'escrime,* un de ses multiples petits traités, dont la plupart sont aujourd'hui perdus. On ne croit pas qu'il ait jamais dû tirer l'épée comme militaire ; mais il eut au moins un duel durant ses années mondaines, et Baillet rapporte – toujours d'après une relation autographe aujourd'hui perdue – un épisode de sa vie errante où il lui fallut défendre sa vie. Le récit est un des plus précieux que nous possédions sur Descartes : on l'y voit dans l'action, dans la décision, dans l'exécution, – on y voit sur quel genre d'expérience il fondera sa « morale provisoire ».

■ *Le Louvre et la Seine vus du pont Neuf* (détail : « Le duel »). École française, XVIIᵉ siècle. Descartes avait écrit un traité d'escrime, aujourd'hui perdu : il a en effet toujours prisé cet exercice, et il se serait même battu en duel, pour les beaux yeux d'une dame. (Paris, musée Carnavalet.)

C'était en novembre 1621. Il revenait par la Hongrie, la Moravie, la Silésie, la Pologne, la Poméranie, le Brandebourg, d'un grand tour dans l'orient de l'Europe. Il finit par louer pour lui-même et son valet un petit bateau qui devait l'amener en Frise occidentale. Les mariniers « étaient des plus rustiques et des plus barbares qu'on pût trouver parmi les gens de cette profession ». Ils « le prenaient plutôt pour un marchand forain que pour un cavalier », et le jugeaient riche. « Ils voyaient que c'était un étranger venu de loin, qui n'avait nulle connaissance dans le pays, et que personne ne s'aviserait de réclamer, quand il viendrait à manquer. Ils le trouvaient d'une humeur fort tranquille, fort patiente ; et jugeant à la dou-

ceur de sa mine et à l'honnêteté qu'il avait pour eux, que ce n'était qu'un jeune homme qui n'avait pas encore beaucoup d'expérience, ils conclurent qu'ils en auraient meilleur marché de sa vie. Ils ne firent point difficulté de tenir leur conseil en sa présence, ne croyant pas qu'il sût d'autre langue que celle dont il s'entretenait avec son valet ; et leurs délibérations allaient à l'assommer, à le jeter dans l'eau, et à profiter de ses dépouilles. »

Mais il les comprenait. Déjà il s'était attaché à apprendre le hollandais pendant son année de Hollande : il avait aussi appris l'allemand tandis qu'il parcourait l'Allemagne, et cet incident montre à nouveau qu'il n'avait rien de la vaniteuse imperméabilité du touriste français dont Montaigne s'était moqué comme le président de Brosses s'en moquera.

« M. Descartes, voyant que c'était tout de bon, se leva tout d'un coup, changea de contenance, tira l'épée d'une fierté imprévue, leur parla en leur langue d'un ton qui les saisit, et les menaça de les percer sur l'heure, s'ils osaient lui faire insulte. Ce fut en cette rencontre qu'il s'aperçut de l'impression que peut faire la hardiesse d'un homme sur une âme basse ; je dis une hardiesse qui s'élève beaucoup au-dessus des forces et du pouvoir dans l'exécution ; une hardiesse qui, en d'autres occasions, pourrait passer pour une pure rodomontade. Celle qu'il fit paraître pour lors eut un effet merveilleux sur l'esprit de ces misérables. L'épouvante qu'ils en eurent fut suivie d'un étourdissement qui les empêcha de considérer leur avantage et ils le conduisirent aussi paisiblement qu'il pût souhaiter. »

Deux petites filles

> Lorsque j'étais enfant, j'aimais une fille de mon âge, qui était un peu louche…

Sur cette petite fille nous ne savons rien d'autre, et nous ne savons guère davantage de toute l'enfance de Descartes. Ces deux petites lignes nous touchent d'autant plus.

■ *Scène de la vie de René Descartes.* Gravure de Paris, d'après Meunier, 1880. La date et le lieu de cette aventure avec les mariniers restent imprécis, mais ce qui est certain, c'est que cet événement provoqua chez Descartes plusieurs réflexions sur les vices, les passions et sur la façon dont les hommes parviennent à les dissimuler. (Paris, BNF.)

Mais Descartes ne songeait pas à toucher le lecteur, – les deux lecteurs qu'il faisait confidents de ce souvenir, Chanut à qui il l'écrivait le 6 juin 1647, et la reine Christine, à qui il savait que Chanut montrerait sa lettre. Il ne cherchait qu'à répondre à une question « touchant les causes qui nous incitent souvent à aimer une personne plutôt qu'une autre, avant que nous en connaissions le mérite » ; et encore une fois, pour se garder de raisonner à vide, il analysait une expérience. Nous devons à ce scrupule de voir abattre un pan du secret dont il couvrait sa vie sentimentale.

L'une de ces causes, dit-il (et encore une fois, si dans ses descriptions physiologiques il s'arrange par force des moyens du bord, la méthode demeure exemplaire), l'une de ces causes

consiste dans la disposition des parties de notre cerveau, soit que cette disposition ait été mise en lui par les objets des sens, soit par quelque autre cause. Car les objets qui touchent nos sens meuvent par l'entremise des nerfs quelques parties de notre cerveau et y font comme certains plis, qui se défont lorsque l'objet cesse d'agir ; mais la partie où ils ont été faits demeure par après disposée à être pliée derechef en la même façon par un autre objet qui ressemble en quelque chose au précédent, encore qu'il ne lui ressemble pas en tout. Par exemple, lorsque j'étais enfant, j'aimais une fille de mon âge, qui était un peu louche ; au moyen de quoi, l'impression qui se faisait par la vue en mon cerveau, quand je regardais ses yeux égarés, se joignait tellement à celle qui s'y faisait aussi pour émouvoir en moi la passion de l'amour, que longtemps après, en voyant des personnes louches, je me sentais plus enclin à les aimer qu'à en aimer d'autres, pour cela seul qu'elles avaient ce défaut ; et je ne savais pas néanmoins que ce fût pour cela. Au contraire, depuis que j'y ai fait réflexion, et que j'ai reconnu que c'était un défaut, je n'en ai plus été ému. Ainsi, lorsque nous sommes portés à aimer quelqu'un, sans que nous en sachions la cause, nous pouvons croire que cela vient de ce qu'il y a quelque chose en lui de semblable à ce qui a été dans un autre objet que nous avons aimé auparavant, encore que nous ne sachions pas ce que c'est. Et bien que ce soit plus ordinairement une perfection qu'un défaut, qui nous attire ainsi à l'amour ; toutefois, à cause que ce peut être quelquefois un défaut, comme en l'exemple que j'ai apporté, un homme sage ne se doit pas laisser entièrement aller à cette passion, avant que d'avoir considéré le mérite de la personne pour laquelle nous nous sentons émus. Mais, à cause que nous ne pouvons pas aimer également tous ceux en qui nous remarquons des mérites égaux, je crois que nous sommes seulement obligés de les estimer également ; et que, le principal bien de la vie étant d'avoir de l'amitié pour quelques-uns, nous avons raison de préférer ceux à qui nos inclinations secrètes nous joignent, pourvu que nous remarquions aussi en eux du mérite.

(Nouvelle rencontre de Baudelaire : à la petite fille qui louchait répond dans le *Choix de maximes consolantes sur l'amour* la femme grêlée de petite vérole. Baudelaire cite Stendhal dans la même page, où l'on croit d'ailleurs entendre comme un premier essai de sonorités proustiennes : ainsi s'organise une famille spirituelle, en dépit de toute généalogie.)

Dans le registre des baptêmes de La Haye en Touraine on a trouvé le 20 mars et le 30 juillet 1596 mention de deux filles également appelées Françoise. Il n'est pas impossible que l'une ou l'autre ait été la petite amie de Descartes, né lui-même le 31 mars. Or c'est le prénom de Francine qu'il choisit, une quarantaine d'années plus tard, pour sa propre fille. La rencontre, trop facile, n'a pas d'autre valeur que de s'harmoniser avec l'air de tendresse (et il s'était « endurci le cœur contre la fausse tendresse », dit Baillet) qui parfume si délicatement l'histoire des deux petites filles.

Il avait noté l'histoire de Francine, c'est-à-dire sans doute quelques dates en quelques lignes, sur la première page d'un livre. Le livre est perdu, mais il l'avait montré à son ami Clerselier, qui plus tard en entretint Baillet,

■ *Traité de l'homme.* Fig. 7. Le *Traité de l'Homme* fait sans doute partie du *Monde* où Descartes expose sa physique nouvelle, proche de certaines thèses de Galilée. Mais, en 1633, alors que la rédaction de cet ouvrage est presque achevée, Descartes apprend que tous les exemplaires du *Système du monde* de Galilée ont été saisis et brûlés, à Rome. (Paris, BNF.)

qui consigna le souvenir. Descartes indiquait avec précision que l'enfant avait été conçue le dimanche 15 octobre 1634. La mère, hollandaise, s'appelait Hélène, fille de Jean. Elle était servante ; il l'avait connue en 1632 ou 1633. Bien que l'acte de baptême de Francine figure dans un registre où n'étaient inscrits que des enfants légitimes, il ne semble pas que les parents fussent mariés. Mariage, dit Baillet dans sa *Vie* de 1691, qui « me paraît si clandestin que toute la bonne volonté des canonistes les plus subtils ne réussirait pas à le bien distinguer d'un concubinage ». Le bon Baillet concède d'ailleurs « qu'il était difficile à un homme qui était presque toute sa vie dans les opérations les plus curieuses de l'Anatomie, de pratiquer rigoureusement la vertu de célibat », mais il se félicite que le père de Francine se soit « relevé promptement de sa chute » et ait « rétabli son célibat dans sa première perfection ».

Francine, née le 9, ou, en « nouveau style », le 19 juillet 1635, fut baptisée le 28 juillet/7 août à l'église réformée de Deventer. Baptême protestant. On n'est pas très assuré que Descartes ait eu vraiment la faculté de lui préférer un baptême catholique. L'eût-il eue, on n'est pas assuré non plus qu'il l'eût fait. Hors des terres d'obédience romaine, il ne se comportait pas en papiste farouche, cela est certain. Il confessait sa foi, mais il ne se ruait pas au-devant de la persécution, ni même des ennuis. Comme Montaigne lors de la peste de Bordeaux, il pensait qu'il devait mieux employer son temps, ses forces et son esprit. L'un et l'autre avaient raison, sans aucun doute ; ils étaient meilleurs juges que nous, qui sans risque prétendons leur donner des leçons. Descartes d'ailleurs n'estimait-il pas que, protestant ou catholique, pourvu qu'on écarte les damnés théologiens, le baptême reste le baptême ? Et la mère de Francine n'était-elle pas protestante ? La coutume de la mère, appuyée par cette sorte de *jus loci* dont Descartes comme Montaigne faisait sa loi à l'étranger, ne devait-elle pas l'emporter sur la coutume du père ? C'était toujours, pour lui, se plier aux usages du pays où Dieu lui faisait la grâce de le laisser vivre, et « changer ses désirs » plutôt « que l'ordre du monde ». Quoi qu'il en soit, il devait, quelques années plus tard, former le projet d'envoyer Francine à Paris et de l'y confier à une de ses parentes, mère d'un chanoine de la Sainte-Chapelle, – donc la rendre à la religion de sa nourrice et de son roi.

Dans l'été de 1637 Descartes s'installe à Santpoort, près de Harlem. Et aussitôt il s'occupe d'y faire venir Hélène et Francine. Dans une lettre du 30 août, adressée on ne sait à qui, il désigne Francine comme sa nièce, Hélène se trouvant alors dans quelque autre place qu'il veut lui faire quitter pour l'engager chez sa propre hôtesse :

> Je parlai hier à mon hôtesse pour savoir si elle voulait avoir ici ma nièce, et combien elle désirait que je lui donnasse pour cela, elle, sans délibérer, me dit que je la fisse venir quand je voudrais, et que nous nous accorderions aisément du prix, qu'il lui était indifférent si elle avait un enfant de plus ou de moins à gouverner. Pour la servante, elle s'attend que vous lui en fournirez une, et il lui tarde extrêmement qu'elle ne l'a déjà. […] Il faut faire qu'Hélène vienne ici le plus tôt qu'il se pourra ; et même s'il se pouvait honnêtement avant la Saint-Victor [Saint Victor de Xanten, fêté le long du Rhin à la date du 30 septembre-10 octobre] et qu'elle en mît quelque autre en sa place, ce serait le meilleur. Car je crains que notre hôtesse ne s'ennuie d'attendre trop longtemps sans en avoir une, et je vous prie de me mander ce qu'Hél. vous aura dit là-dessus. […] La lettre que j'écris à Hél. n'est point pressée, et j'aime mieux que vous la gardiez jusques à ce qu'Hél. vous aille trouver, ce qu'elle fera, je crois, vers la fin de cette semaine, pour vous donner les lettres qu'elle m'écrira, que de lui faire porter par votre servante.

Années heureuses. Jamais la correspondance de Descartes ne respire autant d'allégresse que pendant ces deux ou trois années qu'il vécut avec son enfant auprès de lui et aussi la mère de son enfant : sans doute y a-

■ Double page suivante : *La Place du marché et l'hôtel de ville de Haarlem*, par G. Berckheyde. Descartes aurait séjourné à Southport, près de Haarlem, avec Hélène Jans, une servante avec qui il eut une fille, Francine, qui mourut de la scarlatine à l'âge de cinq ans. De cet épisode intime de la vie de Descartes, nous ne savons que peu de choses, hormis ce que Descartes lui-même en a dit, au moment du décès de sa fille : « Les larmes et la tristesse n'appartiennent pas qu'aux femmes. » (Londres, Johnny Van Haeften Gallery.)

■ *Arrière-cour d'une maison hollandaise,* par Pieter de Hooch. Le bruit a couru, dès le XVIIᵉ siècle, d'un mariage secret entre Hélène, la mère de Francine, et Descartes. Ce qui est certain, c'est que Descartes ne refusa pas la responsabilité de la paternité et en éprouva assez de joie pour confier à Mersenne des détails de sa vie privée, de ses promenades dans le jardin avec sa fille. (Paris, musée du Louvre.)

t-il un peu d'imaginaire dans cette observation de Ch. Adam, – mais pourquoi le romanesque ne serait-il pas vrai ?

Il quitta Santpoort, seul, pour Leyde en avril 1640, le moment étant venu de préparer la publication des *Méditations*. On croit que c'est au moment de cette séparation qu'il songea à faire élever Francine en France. Mais l'enfant tomba malade, d'une fièvre scarlatine semble-t-il « ayant le corps tout couvert de pourpre » ; et, le 7 septembre 1640, elle mourut.

« Il la pleura, dit Baillet, avec une tendresse qui lui fit éprouver que la vraie philosophie n'étouffe point le naturel. Il protesta qu'elle lui avait laissé par sa mort le plus grand regret qu'il eût jamais senti de sa vie. »

Quatre mois plus tard, dans une lettre à Pollot que nous allons retrouver, il avoue n'être « pas de ceux qui estiment que les larmes et la tristesse n'appartiennent qu'aux femmes ».

Trois lettres de deuil

Avec Constantin Huygens, seigneur de Zuylichem, – père de Christian, le grand Huygens, que Descartes dira être « de son sang », – Descartes était lié d'une de ces amitiés vigoureuses et pleines qui accompagnent toute sa vie. Constantin perdit sa femme, morte de suites de couches, le 10 mai 1637. Descartes lui écrivit une lettre de consolation et d'exhortation qui peut nous paraître rude : c'est qu'il estimait assez son ami pour oser lui parler « en philosophe », pour faire appel en lui à la force de l'esprit et à la générosité de l'âme, pour risquer même, au-dessus des vanités sentimentales, le mot de lâcheté et le mot de joie (mais Huygens, en marge de la phrase sur le désir et l'espérance, inscrivit un mot de Pétrarque, « Le désir vit, si l'espérance est morte ») :

> Encore que je me sois retiré assez loin hors du monde, la triste nouvelle de votre affliction n'a pas laissé de parvenir jusques à moi. Si je vous mesurais au pied des âmes vulgaires, la tristesse que vous avez témoignée dès le commencement de la maladie de feu Mme de Zuylichem me ferait craindre que son décès ne vous fût du tout insupportable, mais ne doutant point que vous ne vous gouverniez entièrement selon la raison, je me persuade qu'il vous est beaucoup plus aisé de vous consoler, et de reprendre votre tranquillité d'esprit accoutumée, maintenant qu'il n'y a plus du tout de remède, que lorsque vous aviez encore occasion de craindre et d'espérer. Car il est certain que l'espérance étant du tout ôtée, le désir cesse, ou du moins se relâche et perd sa force, et quand on n'a que peu ou point de désir de ravoir ce qu'on a perdu, le regret en peut être fort sensible. Il est vrai que les esprits faibles ne goûtent point du tout cette raison, et que sans savoir eux-mêmes ce

qu'ils s'imaginent, ils s'imaginent que tout ce qui a autrefois été, peut encore être, et que Dieu est comme obligé de faire pour l'amour d'eux tout ce qu'ils veulent. Mais une âme forte et généreuse comme la vôtre, sachant la condition de notre nature, se soumet toujours à la nécessité de sa loi ; et bien que ce ne soit pas sans quelque peine, j'estime si fort l'amitié, que je crois que tout ce que l'on souffre à son occasion est agréable, en sorte que ceux même qui vont à la mort pour le bien des personnes qu'ils affectionnent, me semblent heureux jusques au dernier moment de leur vie. Et quoique j'appréhendasse pour votre santé, pendant que vous perdiez le manger et le repos pour servir vous-même votre malade, j'eusse pensé commettre un sacrilège, si j'eusse tâché à vous divertir d'un office si pieux et si doux. Mais maintenant que votre deuil ne lui pouvant plus être utile, ne saurait aussi être si juste qu'auparavant, ni par conséquent accompagné de cette joie et satisfaction intérieure qui suit les actions vertueuses, et fait que les sages se trouvent heureux en toutes les rencontres de la fortune, si je pensais que votre raison ne le pût vaincre, j'irais importunément vous trouver, et tâcherais par tous moyens à vous divertir, à cause que je ne sache point d'autre remède pour un tel mal. Je ne mets pas ici en ligne de compte la perte que vous avez faite, en tant qu'elle vous regarde et que vous êtes privé d'une compagnie que vous chérissiez extrêmement ; car il me semble que les maux qui nous touchent nous-mêmes ne sont point comparables à ceux qui touchent nos amis, et qu'au lieu que c'est une vertu d'avoir pitié des moindres afflictions qu'ont les autres, c'est une espèce de lâcheté de s'affliger pour aucune des disgrâces que la fortune nous peut envoyer ; outre que vous avez tant de proches qui vous chérissent, que vous ne sauriez pour cela rien trouver à dire en votre famille ; et que quand vous n'auriez que Mme de V (ilhem) pour sœur, je crois qu'elle seule est suffisante pour vous délivrer de la solitude et des soins d'un ménage, qu'un autre que vous pourrait craindre, après

■ *Portrait de Constantin Huygens*, par Jan Lievens. Constantin Huygens est l'un des plus intimes amis de Descartes : le ton de leur correspondance en témoigne par sa vivacité et son aisance. Huygens demande à Descartes de préciser sa pensée en optique, en mathématique, en musique, et participe avec lui à toutes les querelles qui animent la « République des lettres ». (Amsterdam, Rijksmuseum.)

des' occupations qui, comme ie voy, l'accompaguent, ne
vous out point empesché de penser a moy, et
prendre la peine de m'envoyer ce liure, car ie scay
que vous auez beaucoup d'affection pour vos proches, et
que leur perte, ne peut manquer de vous estre extre=
mement sensible. Je scay bien aussy que vous auez
l'esprit tres fort, et que vous n'ignorez aucun des
remedes qui peuuent seruir pour adoucir vostre
douleur, mais ie ne scaurois neanmoins m'abstenir
de vous en dire vn que i'ay trouué tres puissant, non
seulement pour me faire supporter patiemment la mort
de ceux que i'aymois, mais aussy pour m'empescher de
craindre la mienne, nonobstant que ie sois du nombre de
ceux qui ayment le plus la vie. Il consiste en la consi=
deration de la nature de nos ames, que ie pense connoistre
si clairement deuoir durer plus que les corps, et estre, nees pour
des plaisirs et des felicitez beaucoup plus grandes que
celles dont nous iouissons en ce monde, que ie ne puis con-
ceuoir autre chose de ceux qui meurent, sinon qu'ils passent
a vne vie plus douce et plus tranquile que la nostre, et
que nous les irons trouuer quelque iour, nous resouue=
nant du passé; car ie recounois en vous vne memoire
intellectuelle qui est asseurement independante du corps.
Et quoy que la religion nous enseigne beaucoup de choses
sur ce suiet, i'auoue neanmoins en moy vne infirmité qui est
ce me semble comune a la plus part des hommes, a scauoir
que quoy que nous veuillions croyre et mesme que nous pensions croyre fort fermement tout ce que la religion nous apprend,
nous n'auons pas toutefois coustume d'en estre si touchez qu'
de ce qui nous est persuadé par des raisons naturelles fort
euidentes. Je suis

Monsieur

D'Endegeest le 10 Oct. 1642

Vostre treshumble
et tresobeissant seruiteur

avoir perdu sa compagnie. Je vous supplie d'excuser la liberté que je prends de mettre ici mes sentiments en philosophe…

Les années passent. Francine vient de mourir, et aussi Joachim, le père de René. Les deux deuils ont touché Descartes durement. Et, attendri par cette expérience, si proche encore, qu'il évoque, il se montre moins rigoureux qu'envers Huygens lorsqu'en janvier 1641 il écrit à Pollot, autre ami, en deuil d'un frère :

Bien que je ne me promette pas de rien mettre, en cette lettre, qui ait grande force pour adoucir votre douleur, je ne puis toutefois m'abstenir d'y tâcher, pour vous témoigner au moins que j'y participe. Je ne suis pas de ceux qui estiment que les larmes et la tristesse n'appartiennent qu'aux femmes, et que, pour paraître homme de cœur, on se doive contraindre à montrer toujours un visage tranquille. J'ai senti depuis peu la perte de deux personnes qui m'étaient très proches, et j'ai éprouvé que ceux qui me voulaient défendre la tristesse, l'irritaient, au lieu que j'étais soulagé par la complaisance de ceux que je voyais touchés de mon déplaisir. Ainsi je m'assure que vous me souffrirez mieux, si je ne m'oppose point à vos larmes, que si j'entreprenais de vous détourner d'un ressentiment que je crois juste. Mais il doit y avoir néanmoins quelque mesure ; et comme ce serait être barbare que de ne se point affliger du tout, lorsqu'on en a du sujet, aussi serait-ce être trop lâche de s'abandonner entièrement au déplaisir ; et ce serait faire fort mal son compte, que de ne tâcher pas, de tout son pouvoir, à se délivrer d'une passion si incommode. La profession des armes, en laquelle vous êtes nourri, accoutume les hommes à voir mourir inopinément leurs meilleurs amis ; et il n'y a rien au monde de si fâcheux, que l'accoutumance ne le rende supportable. Il y a, ce me semble, beaucoup de rapport entre la perte d'une main et d'un frère ; vous avez ci-devant souffert la première, sans que j'aie jamais remarqué que vous en fussiez affligé ; pourquoi le seriez-vous

■ Lettre du 10 octobre 1642 à Huygens. Descartes partage les épreuves de son ami Huygens, qui perd, à peu de temps d'intervalle, son épouse et son frère. Descartes lui écrit pour lui expliquer qu'une âme généreuse doit se soumettre à la nécessité et qu'il faut s'incliner devant l'impossible après avoir fait de son mieux : telle est en effet la troisième maxime de la morale cartésienne. (Paris, BNF.)

davantage de la seconde ? Si c'est pour votre propre intérêt, il est certain que vous la pouvez mieux réparer que l'autre, en ce que l'acquisition d'un fidèle ami peut autant valoir que l'amitié d'un bon frère. Et si c'est pour l'intérêt de celui que vous regrettez, comme sans doute votre générosité ne vous permet pas d'être touché d'autre chose, vous savez qu'il n'y a aucune raison ni religion, qui fasse craindre du mal, après cette vie, à ceux qui ont vécu en gens d'honneur, mais qu'au contraire, l'une et l'autre leur promet des joies et des récompenses. Enfin, Monsieur, toutes nos afflictions, quelles qu'elles soient, ne dépendent que fort peu des raisons auxquelles nous les attribuons, mais seulement de l'émotion et du trouble intérieur que la nature excite en nous-mêmes ; car, lorsque cette émotion est apaisée, encore que toutes les raisons que nous avions auparavant demeurent les mêmes, nous ne nous sentons plus affligés. Or je ne veux point vous conseiller d'employer toutes les forces de votre résolution et constance, pour arrêter tout d'un coup l'agitation intérieure que vous sentez ; ce serait peut-être un remède plus fâcheux que la maladie ; mais je ne vous conseille pas aussi d'attendre que le temps seul vous guérisse, et beaucoup moins d'entretenir et prolonger votre mal par vos pensées. Je vous prie seulement de tâcher peu à peu de l'adoucir, en ne regardant ce qui vous est arrivé que du biais qui vous le peut faire paraître le plus supportable, et en vous divertissant le plus que vous pourrez par d'autres occupations. Je sais bien que je ne vous apprends ici rien de nouveau ; mais on ne doit pas mépriser les bons remèdes pour être vulgaires, et m'étant servi de celui-ci avec fruit, j'ai cru être obligé de vous l'écrire.

Vers la fin de 1642 Huygens perd encore un frère ; il faut retenir, à la fin des condoléances que Descartes lui adresse le 10 octobre, un mot sur l'appui qu'apporte l'évidence des raisons naturelles aux enseignements de la foi, et aussi une confidence ardente sur l'amour de la vie :

Je sais bien [...] que vous avez l'esprit très fort, et que vous n'ignorez aucun des remèdes qui peuvent servir pour adoucir votre douleur, mais je ne saurais néanmoins m'abstenir de vous en dire un que j'ai trouvé très puissant, non seulement pour me faire supporter patiemment la mort de ceux que j'aimais, mais aussi pour m'empêcher de craindre la mienne, nonobstant que je sois du nombre de ceux qui aiment le plus la vie. Il consiste en la considération de la nature de nos âmes, que je pense connaître si clairement devoir durer plus que le corps, et être nées pour des plaisirs et des félicités beaucoup plus grandes que celles dont nous jouissons en ce monde, que je ne puis concevoir autre chose de ceux qui meurent, sinon qu'ils passent à une vie plus douce et plus tranquille que la nôtre, et que nous les irons trouver quelque jour, même avec la souvenance du passé ; car je reconnais en nous une mémoire intellectuelle, qui est assurément indépendante du corps. Et quoique la religion nous enseigne beaucoup de choses sur ce sujet, j'avoue néanmoins en moi une infirmité qui est, ce me semble, commune à la plupart des hommes, à savoir que, quoique nous veuillons croire et même que nous pensions croire fermement tout ce que la religion nous apprend, nous n'avons pas toutefois coutume d'en être si touchés que de ce qui nous est persuadé par des raisons naturelles fort évidentes.

LE HÉROS
COMME GUIDE

Un homme en marche

Le langage de Descartes est un langage à syntaxe forte. Phrase architecturée et hiérarchisée, qu'on croirait calquée, qu'on a dite calquée sur la phrase latine, comme si, à force de fréquenter les doctes, il s'était fait plus habile à latiniser que sensible au génie de sa propre langue. Mais non. Simplement son langage diffère de celui de Montaigne, de Retz, de Saint-Simon, de Voltaire, de Stendhal. C'est un langage de construction. Cet impérial déploiement de syntaxe convenait à qui se proposait de conduire par ordre ses pensées. Il y a une fonction de commandement, il y a des fonctions diverses de subordination.

L'élan d'un constructeur du langage et du constructeur d'un destin se manifeste encore, ou se trahit, dans les images que lui suggère sa nature et que choisit sa décision. Clefs pour un déchiffrement. L'image, chez Descartes, est riche, nombreuse, vigoureuse, et souvent développée jusqu'à la parabole. À ce style sied le mythe d'Antée. Il témoigne d'une pensée tenue tout près des choses, c'est-à-dire tout près du sentiment ; il témoigne d'un esprit en bonne entente avec un tempérament ; il témoigne d'un homme : d'un homme qui ne se pose pas en ange plus qu'il ne se rabaisse à la bête, mais sauve la bête par l'ange et donne l'être à l'ange en reconnaissant la bête *de jure*. Or l'image qui partout revient le plus souvent – avec celle de l'architecte et celle du bâtisseur de villes – est l'image de l'homme en marche.

■ Lithographie de Rohner illustrant le *Discours de la méthode*, II. « Club du livre », Philippe Lebaud éd., 1976. L'image qui revient le plus fréquemment dans l'œuvre de Descartes est celle du chemin et de l'homme en marche : le songe d'une nuit de l'hiver 1619-1620 n'avait-il pas décidé du chemin à suivre et, sa vie durant, Descartes n'allait-il pas employer toutes les forces de son esprit à suivre ce chemin, c'est-à-dire à « avancer en la recherche de la vérité » ? (À Élisabeth, 9 octobre 1649.) (Paris, BNF.)

Comme un homme qui marche seul et dans les ténèbres, je me résolus d'aller si lentement et d'user de tant de circonspection en toutes choses, que, si je n'avançais que fort peu, je me garderais bien au moins de tomber.   (Deuxième partie du *Discours*.)

Dire de l'image de l'architecte et de l'image de l'homme en marche qu'elles illustrent la troisième partie du *Discours* où Descartes, en exposant sa « morale provisoire », décrit un vaste espace de sa biographie spirituelle, – c'est trop peu dire. En réalité, elles sont déjà la morale provisoire. Elles se confondent si bien avec l'exposé lui-même, elles sont liées si organiquement au mouvement propre de l'homme pensant, à sa démarche et à son rythme, que la chose à dire, la chose dite et la manière de dire apparaissent comme une seule et même chose.

Comme ce n'est pas assez, avant de commencer à rebâtir le logis où on demeure, que de l'abattre et de faire provision de matériaux et d'architectes, ou s'exercer soi-même à l'architecture, et outre cela d'en avoir soigneusement tracé le dessin, mais qu'il faut aussi s'être pourvu de quelque autre où l'on puisse être logé commodément pendant le temps qu'on y travaillera ; ainsi… […] Imitant en ceci les voyageurs qui, se trouvant égarés en quelque forêt, ne doivent pas errer en tournoyant tantôt d'un côté, tantôt d'un autre, ni encore moins s'arrêter en une place, mais marcher toujours le plus droit qu'ils peuvent vers un même côté, et ne le changer point pour de faibles raisons, encore que ce n'ait peut-être été au commencement que le hasard seul qui les ait déterminés à le choisir ; car, par ce moyen, s'ils ne vont justement où ils désirent, ils arriveront au moins à la fin quelque part où vraisemblablement ils seront mieux que dans le milieu d'une forêt.

Il y a dans Descartes une horreur essentielle : l'horreur de l'irrésolution. Homme rompu à l'action, il ne tolère pas, lorsqu'il est pris dans l'ordre des choses mouvantes, les hésitations qui casseraient sa trajectoire, noueraient

les muscles dans son corps, embarrasseraient dans son organisme le cours des esprits animaux. Il s'est donné des règles provisoires de morale afin, dit-il, « que je ne demeurasse point irrésolu en mes actions, pendant que la raison m'obligerait de l'être en mes jugements, et que je ne laissasse pas de vivre dès lors le plus heureusement que je pourrais » (troisième partie du *Discours*). Il ne cessera jamais de revenir sur ce thème, – auquel on notera avec quelle constance il entremêle le thème de la vie heureuse. Dans la préface des *Principes* : l'homme qui cherche la vérité « doit, avant toutes choses, tâcher de se former une morale qui puisse suffire pour régler les actions de sa vie, à cause que cela ne souffre point de

■ *Atalante fugitive* ou *Nouveaux Emblèmes chymiques des secrets de la nature,* par Michael Maier. Oppenheim, 1618. Emblème XLII : Descartes n'a accepté pour guide que la « lumière naturelle » et l'a suivie avec *résolution,* cette qualité de l'âme qui est à la fois liberté et détermination. (Paris, BNF.)

LES
PASSIONS
DE L'AME.

PAR

RENE' DES CARTES.

A PARIS,

Chez *Henry Le Gras*, au troiſiéme Pilier
de la grand Salle du Palais, à L couronnée.

M. DC. XLIX.

Avec Privilege Du Roy.

délai, et que nous devons surtout tâcher de bien vivre ».
Dans ses lettres :

> Il n'est pas nécessaire aussi que notre raison ne se trompe point ; il suffit que notre conscience nous témoigne que nous n'avons jamais manqué de résolution et de vertu, pour exécuter toutes les choses que nous avons jugé être les meilleures, et ainsi la vertu seule est suffisante pour nous rendre contents en cette vie.　　　　　　　　　　　(À Élisabeth, 4 août 1645.)

(Le mot *vertu* ici est tout proche par le sens du mot *résolution*, – et de la « vertu » cornélienne : nous avons laissé perdre ce sens-là, ce qui n'est pas à notre honneur, car le mot lui-même a perdu sa propre vertu.)

> Bien que nous ne puissions avoir des démonstrations certaines de tout, nous devons néanmoins prendre parti, et embrasser les opinions qui nous paraissent les plus vraisemblables, touchant toutes les choses qui viennent en usage, afin que, lorsqu'il est question d'agir, nous ne soyons jamais irrésolus. Car il n'y a que la seule irrésolution qui cause les regrets et les repentirs.　　　　(À Élisabeth, 15 septembre 1645.)

Dans le *Traité des Passions* (art. 159) :

> Pour la bassesse ou humilité vicieuse, elle consiste principalement en ce qu'on se sent faible ou peu résolu […]. Ainsi elle est directement opposée à la générosité…

Le plus urgent devoir d'un homme qui sait ce que c'est que vivre et qui doit s'arranger d'un corps engagé dans l'ordre des choses, et chose lui-même malgré tous les liens d'interdépendance qu'il a avec l'esprit, est donc de se donner quelques règles d'application immédiate qui l'assureront contre l'humiliation insupportable de l'irrésolution :

> La première était d'obéir aux lois et aux coutumes de mon pays, retenant constamment la religion en laquelle Dieu m'a fait la grâce d'être instruit dès mon enfance, et

■ *Les Passions de l'âme*. Paris, 1649. Page de titre. Le traité des *Passions* est le dernier ouvrage de Descartes et a été écrit à la demande d'Élisabeth, alors que le philosophe avait toujours refusé d'écrire sur la morale et n'en avait donné qu'une « provisoire » dans le *Discours*. La morale qui se dégage du traité des *Passions* est tout entière fondée sur le bon usage du libre-arbitre, et la générosité, c'est-à-dire la ferme résolution de bien user de sa liberté, y apparaît comme la plus parfaite des vertus. (Paris, BNF.)

me gouvernant en toute autre chose suivant les opinions les plus modérées et les plus éloignées de l'excès qui fussent communément reçues en pratique par les mieux sensés de ceux avec lesquels j'aurais à vivre. [...] Entre plusieurs opinions également reçues, je ne choisissais que les plus modérées, tant à cause que ce sont toujours les plus commodes pour la pratique, et vraisemblablement les meilleures, tout excès ayant coutume d'être mauvais ; comme aussi afin de me détourner moins du vrai chemin, en cas que je faillisse, que si, ayant choisi l'un des extrêmes, c'eût été l'autre qu'il eût fallu suivre.

[...] Ma seconde maxime était d'être le plus ferme et le plus résolu en mes actions que je pourrais, et de ne suivre pas moins constamment les opinions les plus douteuses lorsque je m'y serais une fois déterminé que si elles eussent été très assurées.

(Ici la parabole des voyageurs égarés en forêt.)

Les actions de la vie ne souffrant souvent aucun délai, c'est une vérité très certaine que, lorsqu'il n'est pas en notre pouvoir de discerner les plus vraies opinions, nous devons suivre les plus probables ; et même qu'encore que nous ne remarquions point davantage de probabilité aux unes qu'aux autres, nous devons néanmoins nous déterminer à quelques-unes, et les considérer après, non plus comme douteuses en tant qu'elles se rapportent à la pratique, mais comme très vraies et très certaines, à cause que la raison qui nous y a fait déterminer se trouve telle. Et ceci fut capable dès lors de me délivrer de tous les repentirs et les remords qui ont coutume d'agiter les consciences de ces esprits faibles et chancelants qui se laissent aller inconstamment à pratiquer comme bonnes les choses qu'ils jugent après être mauvaises.

Ma troisième maxime était de tâcher toujours plutôt à me vaincre que la fortune, et à changer mes désirs que l'ordre du monde, et généralement de m'accoutumer à croire qu'il n'y a rien qui soit entièrement en notre pouvoir que nos pensées, en sorte qu'après que nous avons fait notre mieux touchant les choses qui nous sont extérieures, tout ce qui manque de nous réussir est, au regard de nous, absolument impossible. [...] Je crois que c'est principalement en ceci que consistait le secret de ces philosophes qui ont pu autrefois se soustraire à l'empire de la fortune, et, malgré les douleurs et la pauvreté, disputer de la félicité avec leurs dieux. Car, s'occupant sans cesse à considérer les bornes qui leur étaient prescrites par la nature, ils se persuadaient si parfaitement que rien n'était en leur pouvoir que leurs pensées, que cela seul était suffisant pour les empêcher d'avoir aucune affection pour d'autres choses, et ils disposaient d'elles si absolument qu'ils avaient en cela quelque raison de s'estimer plus riches et plus puissants, et plus libres et plus heureux qu'aucun des autres hommes, qui, n'ayant point cette philosophie, tant favorisés de la nature et de la fortune qu'ils puissent être, ne disposent jamais ainsi de tout ce qu'ils veulent. Enfin, pour conclusion de cette morale, je m'avisai de faire une revue sur les diverses occupations qu'ont les hommes en cette vie, pour tâcher à faire choix de la meilleure ; et, sans que je veuille rien dire de celles des autres, je pensai que je ne pouvais mieux que de continuer en celle-là même où je me trouvais, c'est-à-dire que d'employer toute ma vie à cultiver ma raison, et m'avancer autant que je pourrais en la connaissance de la vérité, suivant la méthode que je m'étais prescrite.

J'avais éprouvé de si extrêmes contentements depuis que j'avais commencé à me servir de cette méthode, que je ne croyais pas qu'on en pût recevoir de plus doux ni de plus innocents en cette vie ; et découvrant tous les jours, par son moyen, quelques vérités qui me semblaient assez importantes et communément ignorées des autres hommes, la satisfaction que j'en avais remplissait tellement mon esprit, que tout le reste ne me touchait point. [...]

D'autant que, notre volonté ne se portant à suivre ni à fuir aucune chose que selon que notre entendement la lui représente bonne ou mauvaise, il suffit de bien juger pour bien faire, et de juger le mieux qu'on puisse pour faire aussi tout son mieux, c'est-à-dire pour acquérir toutes les vertus, et ensemble tous les autres biens qu'on puisse acquérir ; et, lorsqu'on est certain que cela est, on ne saurait manquer d'être content.

(Troisième partie du *Discours*.)

Bien entendu, la morale dite provisoire devait perdurer. Car la pression de l'existence, la nécessité d'agir, l'urgence de choisir – et parfois l'obligation inopinée ou de s'en remettre à l'épée et au muscle ou de périr – ne se relâchent jamais, tandis que nul n'acquiert jamais une connaissance assez certaine pour se déterminer toujours selon la seule raison. Aussi est-on souvent tenté de soutenir que la morale cartésienne n'a fait que se perpétuer dans le provisoire. Mais cela n'est pas vrai. Se laisser prendre ainsi aux pièges de la rhétorique est bon pour nous autres minables. La morale provisoire subsiste en effet telle quelle, – mais recouverte, et surmontée.

Des implications les plus apparentes de la condition d'un homme en marche, Descartes n'eut de cesse qu'il ne poussât jusqu'aux dernières implications. Il prit appui sur le déterminisme le plus strict, et sur la règle d'opportunisme qui en est la conséquence pratique, pour ouvrir à l'homme libre la voie d'un salut absolument pur. La générosité du héros est le salut de l'aventurier. Résurrection du chevalier, – mais sans armure, sans épée, sans crucifix : l'homme tout désarmé, et, cette fois enfin, dans toute sa force. « Prenons le héros comme guide, dit Alain. Qu'est-ce que le héros, si ce n'est l'homme qui choisit de croire à soi ? Mais il faut prendre parti et tenir parti ; car de cela seul que je délibère, et que j'examine si je puis, la nécessité me prend. Selon la nature des choses, tout se fait par les causes, et cette expérience ne cesse jamais de nous prouver que nous ne changeons rien, que nous ne faisons rien, que nous ne pouvons rien. Une grande âme n'a rien d'autre à vaincre que ces preuves-là ; mais elle doit les vaincre ; car il est vil de vivre selon de telles preuves ; et même, à bien regarder, c'est cela seulement qui est vil. Il n'est point vil d'être vaincu quelquefois ; mais il est vil de décréter, si l'on peut ainsi dire, qu'on le sera toujours. Ce que le héros s'ordonne à lui-même, c'est donc de croire et d'oser. »

Donner et retenir

La première alerte survint avant même que parût le *Discours*. Mersenne, ami sûr, l'avait lu sur épreuves : quel rôle reste-t-il à la grâce, objecta aussitôt le Révérend Père, s'il « suffit de bien juger pour bien faire » ? Sans sourciller Descartes répondit le 27 avril 1637 que « le bien faire » qu'il visait « ne se peut entendre en termes de théologie, où il est parlé de la grâce, mais seulement de philosophie morale et naturelle, où cette grâce n'est point considérée » (il répétera le 2 mai 1644 au P. Mesland qu'il a voulu « éviter les controverses de la théologie » et se tenir « dans les bornes de la philosophie naturelle »). Il sut très bien opposer à Mersenne l'adage des scolastiques, *Omnis peccans est ignorans,* « Tout péché est d'ignorance », il maintiendra dans les *Passions* que « le vice vient ordinairement de l'ignorance » (article 160) : n'empêche qu'il eut vite fait de mesurer ce qu'il pouvait attendre des théologiens.

Ce qu'il pensait d'eux, nous le savons déjà. Nous connaissons déjà la lettre à Chanut du 1er novembre 1646 où il accuse tout cru ces cuistres – les cuistres de Dieu – d'être cause qu'il s'interdit d'écrire sur la morale. Il les accuse encore en 1648 devant Burman, qui note que « l'auteur n'écrit pas volontiers des choses morales » : si Descartes, ajoute-t-il, a consigné dans le *Discours* les règles de sa morale provisoire, c'est par obligation, « à cause des pédagogues et de leurs semblables, parce qu'ils diraient autrement qu'il est sans religion et sans foi et qu'il veut renverser la religion et la foi par sa méthode ».

Or, malgré cette défiance et ces réticences, depuis plusieurs années la morale occupe de plus en plus son esprit. Il y songe de lui-même, et on le presse d'y songer. Dès sa première lettre, en 1643, Élisabeth l'interroge sur l'union de l'âme et du corps. Et comme c'est un problème qui la touche au vif et qu'elle demande à la philosophie secours et soutien pour la conduite de sa propre vie, elle insiste. Descartes répond, mais manœuvre en retraite. Ce n'est qu'en 1645 qu'il se laisse vraiment entraîner du côté où elle veut le mener, et dans l'hiver 1645-1646, ainsi lancé, il compose ce qui sera la première version du traité des *Passions* :

> Matière [lui écrit-il en mai] que je n'avais jamais ci-devant étudiée, et dont je n'ai fait que tirer le premier crayon, sans y ajouter les couleurs et les ornements qui seraient requis pour la faire paraître à des yeux moins clairvoyants que ceux de Votre Altesse.

De cette version nous savons seulement qu'elle représente en étendue les deux tiers de la publication de 1649, le troisième tiers ne correspondant pas nécessairement à la troisième partie de celle-ci. Le vrai titre, celui que portera le volume imprimé, est *Les Passions de l'âme* ; mais Descartes lui-même le change souvent dans ses lettres en celui de *Traité des passions* qui demeurera le plus couramment employé.

Donner et retenir ne vaut. Il faut trouver le moyen de donner ce qu'on ne peut pas donner, afin de ne pas retenir ce qu'on doit retenir. L'histoire de la morale de Descartes est celle d'une navigation difficile entre ces récifs. De leur site et du passage qu'il découvrit entre eux nous avons déjà relevé les coordonnées. Il ne voit pas seulement dans la correspondance la possibilité d'échapper à l'inquisition des théologiens : il y trouve le moyen d'expression le plus souplement adapté à sa propre nature. Il ne s'y revanche pas seulement de ce que la prudence lui défend de publier : son esprit y exerce plus complètement ses pouvoirs. On ne peut pas séparer le traité des *Passions* des lettres à Élisabeth, à Chanut et à Christine.

L'occasion d'écrire à Stockholm survient à point pour relancer l'effort déjà accompli auprès d'Élisabeth.

> Il est vrai [mande-t-il à Chanut le 20 novembre 1647] que j'ai coutume de refuser d'écrire mes pensées touchant la morale, et cela pour deux raisons : l'une, qu'il n'y a point de matière d'où les malins puissent plus aisément tirer des prétextes pour calomnier ; l'autre, que je crois qu'il n'appartient qu'aux souverains, ou à ceux qui sont autorisés par eux, de se mêler de régler les mœurs des autres.

Retenir et donner : Descartes est tout prêt à se laisser obliger par le commandement d'une grande reine. Pouvait-il le dire plus clairement ? et ce discret appel n'éclaire-t-il pas les plaintes des lettres de l'année 1646, où il indiquait ainsi à Chanut ce qu'il souhaitait qu'on lui demandât ? Le 1er novembre, par exemple, lorsqu'il se montre si véhément contre la stupidité de « Messieurs les Régents », il ne manque pas d'énumérer les points qu'il examinerait si (sous-entendu) quelque action positive se substituait en sa faveur à leur opposition :

> Quelle est la juste valeur de toutes les choses qu'on peut désirer ou craindre ; quel sera l'état de l'âme après la mort ; jusques où nous devons aimer la vie ; et quels nous devons être, pour n'avoir aucun sujet d'en craindre la perte ?

Mais dès le 15 juin il lui avait, en quelque sorte, communiqué son plan de travail, et montré comment la morale venait maintenant s'inscrire dans l'ordre naturel de ses recherches :

> Le moyen le plus assuré pour savoir comment nous devons vivre, est de connaître, auparavant, quels nous sommes, quel est le monde dans lequel nous vivons, et qui est le Créateur de ce monde, ou le Maître de la maison que nous habitons. Mais [...] il y a un fort grand intervalle entre la notion générale du ciel et de la terre, que j'ai tâché de donner en mes *Principes,* et la connais-

sance particulière de la nature de l'homme, de laquelle je n'ai point encore traité. Toutefois [...] je vous dirai, en confidence, que la notion telle quelle de la physique, que j'ai tâché d'acquérir, m'a grandement servi pour établir des fondements certains en la morale ; et que je me suis plus aisément satisfait en ce point qu'en plusieurs autres touchant la médecine, auxquels j'ai néanmoins employé beaucoup plus de temps. De façon qu'au lieu de trouver les moyens de conserver la vie, j'en ai trouvé un autre, bien plus aisé et plus sûr, qui est de ne pas craindre la mort ; sans toutefois pour cela être chagrin, comme sont ordinairement ceux dont la sagesse est toute tirée des enseignements d'autrui, et appuyée sur des fondements qui ne dépendent que de la prudence et de l'autorité des hommes.

Autrefois les lettres de Descartes, commentant ses livres, les suivaient ; maintenant elles les devancent ou les accompagnent en contrepoint. La traduction française des *Principes* paraît en 1647 : dans une « lettre de l'auteur à celui qui a traduit le livre, laquelle peut ici servir de préface », Descartes reprend des thèmes de sa lettre du 15 juin pour déclarer la place qu'il reconnaît à la morale dans la hiérarchie philosophique. On doit commencer par la métaphysique. Puis la physique : principes des choses matérielles, l'univers, la terre ; ensuite la nature des plantes, celle des animaux, « et surtout celle de l'homme, afin qu'on soit capable par après de trouver les autres sciences qui lui sont utiles ». Ici la comparaison de l'arbre, que nous connaissons déjà.

Les branches qui sortent de ce tronc sont toutes les autres sciences, qui se réduisent à trois principales, à savoir la médecine, la mécanique et la morale ; j'entends la plus haute et la plus parfaite morale, qui, présupposant une entière connaissance des autres sciences, est le dernier degré de la sagesse. [...] Ainsi la principale utilité de la philosophie dépend de celles de ses parties qu'on ne peut apprendre que les dernières.

Les passions du sage

> Ces vérités de physique font partie des fondements de la plus haute et plus parfaite morale.
>
> (Lettre à Chanut du 26 février 1649.)

> Mon dessein n'a pas été d'expliquer les passions en orateur, ni même en philosophe moral, mais seulement en physicien.
>
> (Lettre du 14 août 1649, en tête des *Passions*.)

Toute la première partie des *Passions,* soit 50 articles sur 212, est principalement occupée par des analyses physiologiques, auxquelles la suite renvoie constamment, et s'éclaire elle-même par l'étonnante fiction de l'automate, dans le *Traité de l'homme,* où Descartes pousse l'analyse du mécanisme physiologique jusqu'aux limites de l'hypothèse.

La morale cartésienne et finalement la doctrine de la générosité n'ont de sens que par la rigueur de ce déterminisme. Mais il ne s'agit pas d'exposer ici la morale cartésienne : il s'agit seulement d'y prélever les traits les plus vifs de Monsieur René Descartes (il est vrai qu'il est tout entier et tout vif dans sa morale). Retenons donc seulement le parti de méthode. Que le détail de l'appareil scientifique soit aujourd'hui dépassé au point de prêter à sourire, cela n'importe pas : ce qui importe, c'est le principe d'une analyse qui va pourchasser l'âme dans les derniers replis du corps. « Au vrai, écrit Alain, je ne crois pas que, sur cette difficile question du rapport de notre corps à nos pensées, on puisse trouver encore aujourd'hui de meilleur maître que Descartes, et de mieux propre à ramener l'esprit dans le bon chemin. »

Les moralistes pensent à plat. Un « physicien » – anatomiste et physiologiste – connaît l'épaisseur d'un corps où bat le sang. Un plat moraliste pourra prétendre que toute passion est mauvaise comme telle. Tandis qu'un physicien sait comment les passions de l'âme sont liées au fonctionnement du corps.

■ *Traité de l'homme.* (Fig. 3 : muscles qui meuvent l'œil.) On reproche à Descartes la fiction de l'homme comme automate, mais on omet le caractère novateur de la science cartésienne qui, dès le *Discours*, ouvrage destiné à un large public, n'hésitait pas à avancer la thèse de la circulation du sang alors que les médecins allaient mettre encore plusieurs décennies à l'accepter. (Paris, BNF.)

L'utilité de toutes les passions ne consiste qu'en ce qu'elles fortifient et font durer en l'âme des pensées, lesquelles il est bon qu'elle conserve, et qui pourraient facilement, sans cela, en être effacées. Comme aussi tout le mal qu'elles peuvent causer consiste en ce qu'elles fortifient et conservent ces pensées plus qu'il n'est besoin, ou bien qu'elles en fortifient et conservent d'autres auxquelles il n'est pas bon de s'arrêter.

Je ne vois point de raison qui empêche que le même mouvement des esprits [des esprits animaux] qui sert à fortifier une pensée lorsqu'elle a un fondement qui est mauvais, ne la puisse aussi fortifier lorsqu'elle en a un qui est juste.

Maintenant que nous les connaissons toutes, nous avons beaucoup moins de sujet de les craindre que nous n'avions auparavant ; car nous voyons qu'elles sont toutes bonnes de leur nature, et que nous n'avons rien à éviter que leurs mauvais usages ou leurs excès.
(Art. 74, 160 et 211 des *Passions*.)

Je ne suis point d'opinion [...] qu'on doive s'exempter d'avoir des passions ; il suffit qu'on les rende sujettes à la raison, et lorsqu'on les a ainsi apprivoisées, elles sont quelquefois d'autant plus utiles qu'elles penchent plus vers l'excès.   (Lettre à Élisabeth, 1er septembre 1645.)

Correctif et précision :

Lorsque j'ai dit qu'il y a des passions qui sont d'autant plus utiles qu'elles penchent plus vers l'excès, j'ai seulement voulu parler de celles qui sont toutes bonnes ; ce que j'ai témoigné, en ajoutant qu'elles doivent être sujettes à la raison. Car il y a deux sortes d'excès : l'un qui, changeant la nature de la chose, et de bonne la rendant mauvaise, empêche qu'elle ne demeure soumise à la raison ; l'autre qui en augmente seulement la mesure, et ne fait que de bonne la rendre meilleure. Ainsi la hardiesse n'a pour excès la témérité que lorsqu'elle va au-delà des limites de la raison ; mais pendant qu'elle ne les passe point, elle peut encore avoir un autre excès, qui consiste à n'être accompagnée d'aucune irrésolution ni d'aucune crainte.

(Lettre à Élisabeth, 3 novembre 1645.)

Vous inférez, de ce que j'ai étudié les passions, que je n'en dois plus avoir aucune ; mais je vous dirai que, tout au contraire, en les examinant, je les ai trouvées presque toutes bonnes, et tellement utiles à cette vie, que notre ame n'aurait pas sujet de vouloir demeurer jointe à son corps un seul moment, si elle ne les pouvait ressentir.   (Lettre à Chanut, 1er novembre 1646.)

La philosophie que je cultive n'est pas si barbare ni si farouche qu'elle rejette l'usage des passions, au contraire, c'est en lui seul que je mets toute la douceur et la félicité de cette vie.

(Lettre à Newcastle, mars ou avril 1648.)

Vertu de la joie

La cause la plus ordinaire de la fièvre lente est la tristesse […]. Et il est à craindre que vous n'en puissiez être du tout délivrée, si ce n'est que, par la force de votre vertu, vous rendiez votre âme contente, malgré les disgrâces de la fortune. Je sais bien que ce serait être imprudent de vouloir persuader la joie à une personne, à qui la fortune envoie tous les jours de nouveaux sujets de déplaisir, et je ne suis point de ces philosophes cruels, qui veulent que leur sage soit insensible. […] Mais il me semble que la différence qui est entre les plus grandes âmes et celles qui sont basses et vulgaires, consiste, principalement, en ce que les âmes vulgaires se laissent aller à leurs passions, et ne sont heureuses ou malheureuses, que selon que les choses qui leur surviennent sont agréables ou déplaisantes ; au lieu que les autres ont des raisonnements si forts et si puissants que, bien qu'elles aient aussi des passions, et même souvent de plus violentes que celles du commun, leur raison demeure néanmoins toujours la maîtresse, et fait que les afflictions même leur servent, et contribuent à la parfaite félicité dont elles jouissent dès cette vie. (Lettre à Élisabeth, 18 mai 1645.)

Je crois qu'une personne, qui aurait d'ailleurs toute sorte de sujet d'être contente, mais qui verrait continuellement représenter devant soi des tragédies dont tous les actes fussent funestes, et qui ne s'occuperait qu'à considérer des objets de tristesse et de pitié, qu'elle sût être feints et fabuleux, en sorte qu'ils ne fissent que tirer des larmes de ses yeux, et émouvoir son imagination, sans toucher son entendement, je crois, dis-je, que cela seul suffirait pour accoutumer son cœur à se resserrer et à jeter des soupirs ; en suite de quoi la circulation du sang étant retardée et alentie, les plus grossières parties de ce sang, s'attachant les unes aux autres, pourraient facilement lui opiler la rate, en s'embarrassant et s'arrêtant dans ses pores ; et les plus subtiles, retenant leur agitation, lui pourraient altérer le poumon, et causer une toux, qui à la longue serait fort à craindre. Et, au contraire, une personne qui aurait une infinité de véritables sujets de déplaisir, mais qui s'étudierait avec tant de soin à en détourner son imagination, qu'elle ne pensât jamais à eux, que lorsque la nécessité des affaires l'y obligerait, et qu'elle employât tout le reste de son temps à ne considérer que des objets qui lui pussent apporter du contentement et de la joie, outre que cela lui serait grandement utile, pour juger plus sainement des choses qui lui importeraient, parce qu'elle les regarderait sans passion, je ne doute point que cela seul ne fût capable de la remettre en santé, bien que sa rate et ses poumons fussent déjà fort mal disposés par le mauvais tempérament du sang que cause la tristesse.

(Lettre à Élisabeth, mai ou juin 1645.)

C'est ici que Descartes allègue l'expérience de sa propre guérison.

Autre confidence que nous surprenons à l'improviste, à propos de la manière dont il peut arriver que la joie force non seulement la santé mais la fortune, et même la fortune du jeu (on sait qu'il avait été joueur pendant ses années mondaines) :

> Comme la santé du corps et la présence des objets agréables aident beaucoup à l'esprit, pour chasser hors de soi toutes les passions qui participent de la tristesse, et donner entrée à celles qui participent de la joie, ainsi, réciproquement, lorsque l'esprit est plein de joie, cela sert beaucoup à faire que le corps se porte mieux, et que les objets présents paraissent plus agréables.
>
> Et même aussi j'ose croire que la joie intérieure a quelque secrète force pour se rendre la fortune plus favorable. [...] J'ai souvent remarqué que les choses que j'ai faites avec un cœur gai, et sans aucune répugnance intérieure, ont coutume de me succéder heureusement, jusque là même que, dans les jeux de hasard, où il n'y a que la fortune seule qui règne, je l'ai toujours éprouvée plus favorable, ayant d'ailleurs des sujets de joie, que lorsque j'en avais de tristesse. [...] Touchant les actions importantes de la vie, lorsqu'elles se rencontrent si douteuses que la prudence ne peut enseigner ce qu'on doit faire, il me semble qu'on a grande raison de suivre le conseil de son génie, et qu'il est utile d'avoir une forte persuasion que les choses que nous entreprenons sans répugnance, et avec la liberté qui accompagne d'ordinaire la joie, ne manqueront pas de nous bien réussir. [...] Votre Altesse me permettra, s'il lui plaît, de finir cette lettre par où je l'ai commencée, et de lui souhaiter principalement de la satisfaction d'esprit et de la joie, comme étant non seulement le fruit qu'on attend de tous les autres biens, mais aussi souvent un moyen qui augmente les grâces qu'on a pour les acquérir.
>
> (Lettre à Élisabeth, novembre 1646.)

■ *La Partie
de tric-trac,* attribué
à Dirk Hals. La
morale cartésienne
n'est en rien
une négation des
passions mais tente,
en les réglant, de
les faire contribuer
à la félicité de la vie.
Descartes lui-même
mettait beaucoup
de passion dans
ses controverses et
concevait volontiers
les échanges
avec ses adversaires
comme un « jeu ».
(Lille, musée
des Beaux-Arts.)

La générosité

Il est temps de citer maintenant l'illustre article 153 des *Passions,* sur la générosité :

> Je crois que la vraie générosité, qui fait qu'un homme s'estime au plus haut point qu'il se peut légitimement estimer, consiste seulement, partie en ce qu'il connaît qu'il n'y a rien qui véritablement lui appartienne que cette libre disposition de ses volontés, ni pourquoi il doive être loué ou blâmé sinon pour ce qu'il en use bien ou mal ; et partie en ce qu'il sent en soi-même une ferme et constante résolution d'en bien user, c'est-à-dire de ne manquer jamais de volonté pour entreprendre et exécuter toutes les choses qu'il jugera être les meilleures. Ce qui est suivre parfaitement la vertu.

Et ceci, où on croit voir transposé, et comme sublimé, l'enthousiasme d'autrefois, et le feu de la lettre à Ferrier de 1629 :

> Ceux qui sont généreux en cette façon sont naturellement portés à faire de grandes choses, et toutefois à ne rien entreprendre dont ils ne se sentent capables.
>
> (Art. 156.)

De ce libre arbitre qui n'est jamais ni donné ni acquis mais se conquiert à chaque instant par le bon usage d'une volonté en laquelle il faut voir l'*ultima ratio* de l'homme, Descartes ose écrire qu'il rend l'homme semblable à Dieu et même indépendant de Dieu :

> Je ne remarque en nous qu'une seule chose qui nous puisse donner juste raison de nous estimer, à savoir l'usage de notre libre arbitre, et l'empire que nous avons sur nos volontés ; car il n'y a que les seules actions qui dépendent de ce libre arbitre pour lesquelles nous puissions avec raison être loués ou blâmés ; et il nous rend en quelque façon semblables à Dieu en nous faisant maîtres de nous-mêmes pourvu que nous ne perdions point par lâcheté les droits qu'il nous donne. (Art. 152 des *Passions.*)

Outre que le libre arbitre est de soi la chose la plus noble qui puisse être en nous, d'autant qu'il nous rend en quelque façon pareils à Dieu et semble nous exempter de lui être sujets, et que, par conséquent, son bon usage est le plus grand de tous nos biens, il est aussi celui qui est plus proprement nôtre et qui nous importe le plus, d'où il suit que ce n'est que de lui que nos plus grands contentements peuvent procéder.

(Lettre à Christine, 20 novembre 1647.)

Et l'article 212 et dernier des *Passions de l'âme* – article dont le titre même déclare que des passions seules « dépend tout le bien et le mal de cette vie » – achève le traité sur la douceur de vivre, sur la sagesse, sur la maîtrise et sur la joie :

Au reste, l'âme peut avoir ses plaisirs à part ; mais pour ceux qui lui sont communs avec le corps, ils dépendent entièrement des passions en sorte que les hommes qu'elles peuvent le plus émouvoir, sont capables de goûter le plus de douceur en cette vie. Il est vrai qu'ils y peuvent aussi trouver le plus d'amertume, lorsqu'ils ne les savent pas bien employer, et que la fortune leur est contraire. Mais la sagesse est principalement utile en ce point, qu'elle enseigne à s'en rendre tellement maître, et à les ménager avec tant d'adresse, que les maux qu'elles causent sont fort supportables, et même qu'on tire de la joie de tous.

Ce qui nous ramène aux trois nouvelles règles de la morale, que Descartes a proposées, dans une lettre à Élisabeth du 4 août 1645, pour tout homme :

La première, est qu'il tâche toujours de se servir, le mieux qu'il lui est possible, de son esprit, pour connaître ce qu'il doit faire ou ne pas faire en toutes les occurrences de la vie.

La seconde, qu'il ait une ferme et constante résolution d'exécuter tout ce que la raison lui conseillera, sans que ses passions ou ses appétits l'en détournent ; et c'est la fermeté de cette résolution, que je crois devoir être prise pour la vertu, bien que je ne sache point que personne l'ait jamais ainsi expliquée ; [la « résolution » est le leitmotiv de toutes ces pages-ci, et comme le dernier mot de Descartes, qui éclaire ici sans ambiguïté ce qu'il entend par vertu] mais on l'a divisée en plusieurs espèces, auxquelles on a donné divers noms, à cause des divers objets auxquels elle s'étend.

La troisième, qu'il considère que, pendant qu'il se conduit ainsi, autant qu'il peut, selon la raison, tous les biens qu'il ne possède point sont aussi entièrement hors de son pouvoir les uns que les autres, et que, par ce moyen, il s'accoutume à ne les point désirer ; car il n'y a rien que le désir, et le regret ou le repentir, qui nous puissent empêcher d'être contents : mais si nous faisons toujours tout ce que nous dicte notre raison, nous n'aurons jamais aucun sujet de nous repentir, encore que les événements nous fissent voir, par après, que nous nous sommes trompés, parce que ce n'est point par notre faute. Et ce qui fait que nous ne désirons point d'avoir, par exemple, plus de bras ou plus de langues, que nous n'en avons, mais que nous désirons bien d'avoir plus de santé ou plus de richesses, c'est seulement que nous imaginons que ces choses ici pourraient être acquises par notre conduite, ou bien qu'elles sont dues à notre nature, et que ce n'est pas le même des autres : de laquelle opinion nous pourrons nous dépouiller, en considérant que, puisque nous avons toujours suivi le conseil de notre raison, nous n'avons rien omis de ce qui était en notre pouvoir, et que les maladies et les infortunes ne sont pas moins naturelles à l'homme, que les prospérités et la santé.

Au reste, toute sorte de désirs ne sont pas incompatibles avec la béatitude ; il n'y a que ceux qui sont accompagnés d'impatience et de tristesse. Il n'est pas nécessaire aussi que notre raison ne se trompe point ; il suffit que notre conscience nous témoigne que nous n'avons jamais manqué de résolution et de vertu, pour exécuter toutes les choses que nous avons jugé être les meilleures, et ainsi la vertu seule est suffisante pour nous rendre contents en cette vie. Mais néanmoins parce que, lorsqu'elle n'est pas éclairée par l'entendement, elle peut être fausse, c'est-à-dire que la volonté et résolution de bien faire nous peut porter à des choses mauvaises, quand nous les croyons bonnes, le contentement qui en revient n'est pas solide ; et parce qu'on oppose ordinairement cette vertu aux plaisirs, aux appétits et aux passions, elle est très difficile à mettre en pratique, au lieu que le droit usage de la raison, donnant une vraie connaissance du bien, empêche que la vertu ne soit fausse, et même l'accordant avec les plaisirs licites, il en rend l'usage si aisé, et nous faisant connaître la condition de notre nature, il borne tellement nos désirs, qu'il faut avouer que la plus grande félicité de l'homme dépend de ce droit usage de la raison, et par conséquent que l'étude qui sert à l'acquérir, est la plus utile occupation qu'on puisse avoir, comme elle est aussi sans doute la plus agréable et la plus douce.

Une phrase de l'épître dédicatoire des *Principes*, adressée à Élisabeth, noue en un bouquet les thèmes irréductibles de Descartes, ses expressions favorites, les divers degrés de la spiritualité depuis la *nature* à la base jusqu'à la *volonté ferme et constante* au sommet ; la structure syntaxique s'y fait symphonique, les exigences de la logique s'y confondent avec les nécessités de la respiration :

> Car quiconque a une volonté ferme et constante d'user toujours de sa raison le mieux qu'il est en son pouvoir, et de faire en toutes ses actions ce qu'il juge être le meilleur, est véritablement sage autant que sa nature permet qu'il le soit.

Il n'y aurait pas de sagesse si la sagesse ne se confondait avec un jugement établi sur raison et connaissance, lesquelles ne sauraient que demeurer imparfaites dans leur perfectionnement continu ; et d'ailleurs la sagesse ne saurait jamais être acquise et passer dans l'ordre des faits. La sagesse se situe au-delà de la raison et du jugement, elle se crée par la fermeté et la constance de la volonté : elle conquiert sa perfection par un rapport qui peut s'établir dans l'imperfection même de tout individu quelconque.

« Descartes, tel que je le vois, écrit Alain en conclusion de son *Étude sur Descartes*, homme de premier mouvement, décidé, grand voyageur, curieux de tous spectacles et toujours en quête de perceptions, Descartes devait savoir et sentir mieux qu'aucun homme que l'esprit ne commence rien, et que le premier départ de nos vertus, de nos résolutions, et même de nos pensées est dans les secousses de la nature, non pas une fois, mais toujours. Ce qui se voit du moins dans ce beau style, où la phrase reprend, redresse et achève toujours un mouvement d'enfance. Et c'est par cet art de découvrir toujours à nouveau ce qu'il sait, qu'il s'assure si bien de lui-même. Bon compagnon en cela, et surtout dans ce *Traité*. Promptement au-dessus de nous dans la moindre de ses pensées ; mais aussitôt il revient. D'où il me semble qu'à le lire seulement on prend quelque air et quelque mouvement de cette grande âme. »

DÉSUNION D'UNE ÂME ET D'UN CORPS

Clorinde, reine des Scythes

« Clorinde, reine des Scythes, est une précieuse dont l'esprit fait voir que les femmes sont capables des choses les plus difficiles, et que la science est aussi bien naturellement à leur sexe qu'au nôtre. Elle sait huit ou neuf sortes de langues, et son mépris pour la couronne l'a fait connaître pour la plus hardie princesse du monde. Elle reçut beaucoup d'honneur en Grèce, et fut régalée du grand Alexandre d'une manière si splendide, qu'elle vit bien qu'il était le plus vaillant, mais encore le plus généreux prince de la terre. […] Elle était extraordinairement savante […] ; elle parlait avec un poids et une délicatesse de reine […]. Cette princesse trouva dans Athènes plus de charmes que dans toutes les autres villes où elle avait passé. Elle vit que c'était véritablement le séjour des lettres et le pays natal des sciences ; que ce qu'on apprenait en Scythie, on ne le savait que par rapport, et que toutes les sciences n'y étaient que dans un faux jour. Deux choses lui donnèrent de l'admiration et de la surprise dans cette grande ville : l'une, le nombre incroyable de ses citoyens ; l'autre, la prodigieuse quantité de sonnets, d'élégies et de poèmes qui lui furent présentés à son arrivée. »

Le portrait semble puisé au hasard dans le fatras précieux où on a si vite fait de s'embourber dès qu'on s'écarte des chemins battus du XVIIe siècle. De fait il est tiré du *Dictionnaire des Précieuses* de Somaize. Il faudra

■ *Portrait de la reine Christine de Suède*, par J. H. Elbfas. Christine devient reine à l'âge de six ans et mettra à gouverner la même passion qu'elle mit à étudier. Mais les intrigues de la cour auront raison de cette passion, et Christine abdique en 1654. Elle quitte alors la Suède, abjure le luthérianisme et se reconnaît publiquement catholique. Après une vaine tentative pour remonter sur le trône de Suède, elle s'installe à Rome, où elle meurt en 1689. Elle laisse des *Maximes* et des *Mémoires* de sa vie sans complaisance. (Château de Gripsholm.)

attendre encore un bon quart de siècle que La Bruyère, sur l'autre versant du règne, bouleversant l'art littéraire et désarticulant les charpentes d'une phrase jusque-là gréée pour la synthèse, déplace l'attention vers l'apparence, le physique, le particulier et le divers, vers ce qui dissocie plutôt que ce qui organise, vers ce qui distingue et non plus vers ce qui rapproche. Jusque-là les écrivains portraitistes se contentent de quelques nuances dans l'impersonnel : on croirait à de la gaucherie, si l'on ne savait qu'il s'agit d'un parti pris. Étrange manière de traiter le portrait. Mais les pâles allusions de Somaize prennent presque force de trait dès qu'en Clorinde on reconnaît Christine, reine de Suède.

La fille de Gustave-Adolphe compte à peine vingt-trois ans d'âge mais déjà dix-sept ans de règne lorsque Descartes arrive à Stockholm, dans les premiers jours d'octobre 1649. Elle vient de signer, en 1648, les confortables traités de Westphalie ; la guerre de Trente Ans peut avoir coûté cher à la Suède : la paix est payante. Le père n'était encore qu'un conquérant ; la fille passe au rang d'un grand souverain européen. En 1646 elle déclarait à Chanut qui venait prendre son poste auprès d'elle : « Il y a vingt ans, on ne connaissait point les Suédois hors le Nord. Il faut que nous fassions quelque chose de grand, pour établir une longue réputation. » Chose faite. Mais, lassitude ou surmenage, elle ne tiendra plus le rôle longtemps. Elle abdiquera en 1654. Née protestante, elle va se faire catholique. Elle sera reçue à Rome en 1656, grandement, puis à Paris, l'Athènes de Somaize, triomphalement. Elle résidera à Fontainebleau royalement, et royalement y fera assassiner Monaldeschi, amant devenu incommode, avec une désinvolture assez insolente pour la rendre indésirable dans une France où survit la tradition de la dague et du poison. Le goût du trône la ressaisissant, elle essaiera, en vain, de récupérer celui de la Suède, de s'attribuer celui de la Pologne. Elle prendra enfin sa retraite à Rome, toujours affairée mais désormais inoffensive : dans le mécénat. Elle y mourra en 1689.

Ni grâce ni beauté, mal mise, et peu soignée. Un quart d'heure suffisait à toute sa toilette. Mais elle pratiquait libéralement l'amour, avec l'un et l'autre sexe. Somaize fait une allusion à ses mœurs ; non pas dans le portrait de Clorinde : dans celui de Mme de Choisy (est-ce déjà l'astuce dont Bayle fera système ?), qu'il appelle Célie : « La reine Clorinde ne lui a pas pu refuser son estime, bien que naturellement elle soit fort avare de cette marchandise, et qu'elle trouve plus facilement des matières pour autoriser l'amour que pour justifier l'estime. » Des *matières* à la place des *raisons* qu'on eût attendues, et *autoriser* opposé à *justifier*... Il y avait dix sortes de précieuses : celle-ci n'était pas des prudes. Mais c'était une femme savante, – et une savante femme, qui voulait, dans le domaine spirituel comme dans le politique, rapprocher sa Scythie nordique, et assez brute encore, de l'atticisme européen. Ainsi font tous les peuples jeunes, où l'efficacité devance la culture : suppléant à la tradition par la greffe, elle appelle auprès d'elle savants, techniciens ou artistes formés en des pays plus mûrs ; en Hollande notamment.

Descartes donc ne pouvait ignorer cette polarisation lorsqu'il faisait confidence à Chanut de ses impatiences et de ses aspirations. Et de son côté le diplomate avait évidemment pour mission de séduire et d'attacher la nouvelle puissance européenne. Son prédécesseur avait commandé à Paris pour Christine des présents de montres peintes et de déshabillés parfumés : lui-même, plus avisé, lui offrait des livres, qu'elle emportait à la chasse pour les lire. Descartes dans ce jeu était un atout maître.

« Mais on doit ce respect... »

Chanut réside à Stockholm depuis bientôt un an lorsqu'il propose à Descartes d'admettre en tiers dans leur commerce par lettres une reine dont il écrira peu après, le 1er décembre 1646, qu'elle porte « vigoureusement » et « quasi seule » le poids des affaires, et qui, lorsqu'elle se trouve de loisir, « s'égaye dans des entretiens qui passeraient pour très sérieux entre les savants ».

■ *La Cour de Christine de Suède* (détail), par Louis Michel Dumesnil. « Il me semble que cette princesse est bien plus créée à l'image de Dieu que le reste des hommes, d'autant qu'elle peut étendre ses soins à plus grand nombre de diverses occupations en même temps » (à Chanut, 1er novembre 1646). (Versailles, Musée du château.)

Descartes hésite :

> Je n'ai jamais eu assez d'ambition pour désirer que les personnes de ce rang sussent mon nom, et même, si j'avais seulement été aussi sage qu'on dit que les sauvages se persuadent que sont les singes, je n'aurais jamais été connu de qui que ce soit, en qualité de faiseur de livres : car on dit qu'ils s'imaginent que les singes pourraient parler, s'ils voulaient, mais qu'ils s'en abstiennent, afin qu'on ne les contraigne point de travailler ; et parce que je n'ai pas eu la même prudence à m'abstenir d'écrire, je n'ai plus tant de loisir ni tant de repos que j'aurais, si j'eusse eu l'esprit de me taire.

Mais on lui a décrit les qualités de la reine d'une façon, dit-il, « si avantageuse, que celle d'être reine me semble l'une des moindres », et :

> Puisque la faute est déjà commise, et que je suis connu d'une infinité de gens d'école, qui regardent mes écrits de travers, et y cherchent de tous côtés les moyens de

me nuire, j'ai grand sujet de souhaiter aussi de l'être des personnes de plus grand mérite, de qui le pouvoir et la vertu me puissent protéger.

(Lettre à Chanut, 1er novembre 1646.)

Christine entre dans sa vie comme une chance nouvelle apportée par ce hasard auquel se confiait l'esprit aventureux de sa jeunesse. Il ne se dérobe pas à cette nouvelle aventure, – à cette dernière aventure. Il sait (d'où sa réticence) qu'il risque d'aliéner quelque chose de l'indépendance qu'il a toujours sauvegardée si jalousement. Ce risque est le prix dont il faut acheter la protection de cette même indépendance directement et immédiatement menacée. Il est vrai que céder d'un pouce là-dessus, c'est déjà céder partout. Mais Descartes se dispose en lui-même à l'un de ces rebondissements dont sa vie nous a déjà offert plusieurs exemples. Du moins avons-nous le droit de le conjecturer ; car, si rares et si discontinus que soient les documents, ils parlent – pourvu qu'on leur laisse la parole sans s'empresser à couvrir leur voix. Chaque fois qu'on croit tenir Descartes acculé dans une impasse, il s'échappe ; ou plutôt il échappe, par le haut.

Comme maintenant, et à chaque occasion, il appelle Christine « l'Incomparable princesse », on l'a accusé de flagornerie. On lui a reproché de s'être prêté aux caprices royaux, et d'aggraver de complaisance sa soumission. On a prétendu que d'avoir pour disciple une tête couronnée l'avait grisé d'orgueil et même de vanité. Dans son acceptation on a vu le démenti et l'effondrement d'une liberté exemplaire... Mais notre jugement est infléchi par trois siècles d'évolution et d'action politiques, d'expériences et d'événements, qui ont précisément pour point de départ le moment où finit Descartes.

Le comte, dans *Le Cid,* a beau insinuer que « pour grands que soient les rois, ils sont ce que nous sommes » et qu'« ils peuvent se tromper comme les autres hommes », don Diègue lui rappelle vertement qu'au niveau du trône l'erreur même est de droit divin :

« Mais on doit ce respect au pouvoir absolu
De n'examiner rien quand un roi l'a voulu. »

On ne sait pas si Descartes croyait au droit divin de la monarchie. Mais certainement il ne voyait pas dans les souverains de simples mortels : les affaires des États, par l'ampleur des intérêts qui y sont en jeu dans un temps et dans un espace irréductibles aux mesures des particuliers, ne ressemblent pas à des affaires particulières qu'on aurait seulement affectées d'un fort grossissement ; la différence d'échelle va avec une différence de nature et même d'essence, dont participent ceux qui en ont la charge.

Les personnes de grande naissance, de quelque sexe qu'elles soient, n'ont pas besoin d'avoir beaucoup d'âge pour pouvoir surpasser de beaucoup en érudition et en vertu les autres hommes.

(Lettre à Chanut, 1er novembre 1646.)

Il me semble que cette Princesse est bien plus créée à l'image de Dieu, que le reste des hommes, d'autant qu'elle peut étendre ses soins à plus grand nombre de diverses occupations en même temps. Car il n'y a au monde que Dieu seul dont l'esprit ne se lasse point, et qui n'est pas moins exact à savoir le nombre de nos cheveux et à pourvoir jusques aux plus petits vermisseaux, qu'à mouvoir les cieux et les astres.

(Lettre à Chanut, 26 février 1649.)

Une Princesse que Dieu a mise en si haut lieu, qui est environnée de tant d'affaires très importantes, dont elle prend elle-même les soins, et de qui les moindres actions peuvent tant pour le bien général de toute la terre, que tous ceux qui aiment la vertu se doivent estimer très heureux, lorsqu'ils peuvent avoir occasion de lui rendre quelque service.

(Lettre à Christine, 26 février 1649.)

Lorsque l'impérieuse Christine ne se contente plus des lettres et veut avoir l'homme lui-même en sa dépendance, Descartes se débat, nous l'avons vu, de toutes ses forces. Il allègue son âge, le soin de sa santé, son humeur devenue casanière ; il lutte désespérément. Et l'on peut mesurer à sa résistance les limites de sa soumission. Sa résistance, il est vrai, ne va pas jusqu'au refus ; mais elle va jusqu'au bord du refus, – le refus lui-même demeurant, à ses yeux, interdit ; il faudrait vraiment trop de mauvaise foi pour parler maintenant de servilité. Il fait tout pour que Christine sache bien qu'il ne partira que contraint. Il n'est pas sujet de Christine, mais il s'estime assujetti à une contrainte, et il le montre fort clairement. Il ne peut pas dire non (« … on doit ce respect… ») ; il faudrait qu'elle-même se désiste, – et on ne voit pas comment il aurait pu le lui dire avec plus de netteté. Elle ne se désiste pas. Alors seulement, et tous moyens de défense, même dilatoires, étant épuisés, il se résigne à obéir. Proprement : la mort dans l'âme.

Monsieur Teste à Stockholm

Trois semaines de mer sur les trente-cinq jours que dura, croit-on, le voyage. Et pendant ces trois semaines Descartes se trouva revivre en navigateur des recherches menées depuis trente ans sur les longitudes, sur les marées, sur l'aimant et la boussole, sur le verre, les lentilles et les instruments d'optique, sur l'astronomie, sur l'hydraulique… Il y avait un témoin, et ce témoin a témoigné. C'était son pilote, lequel, aussitôt débarqué, se rendit au palais, selon la coutume suédoise, pour rendre compte ; service de renseignement. Le plus souvent les pilotes étaient reçus par un secrétaire d'État. Mais celui-là avait amené Descartes : la reine était de si « belle humeur », dit Baillet, qu'elle ordonna qu'on le fît entrer auprès d'elle, « et lui demanda en riant quelle espèce d'homme il croyait avoir conduite dans son vaisseau ».

« – Madame, répondit le pilote, [et si Baillet ou son informateur ont arrangé les mots, il n'y a pas de raison de ne pas les croire sur le fond] ce n'est pas un homme que j'ai amené à Votre Majesté, c'est un demi-Dieu. Il

m'en a plus appris en trois semaines sur la science de la Marine et des vents et sur l'art de la Navigation, que je n'avais fait en soixante ans qu'il y a que je vais sur mer. Je me crois maintenant capable d'entreprendre les voyages les plus longs et les plus difficiles. »

Descartes n'est pas M. Teste ; incessamment préoccupé de l'union de l'âme et du corps, il n'était pas homme à écrire : « La bêtise n'est pas mon fort. » Valéry accorde d'ailleurs qu'un M. Teste ne saurait demeurer dans l'existence plus de quelques quarts d'heure. N'empêche que ce mythe, créé artificiellement en isolant puis en grossissant sans mesure une des *propriétés* de Descartes, rend plus lisible à nos yeux – c'est la fonction d'un mythe – une réalité confuse, difficile et, de surcroît, encrassée par trois siècles de commentaires parfois impertinents. M. Teste, c'est l'esprit parvenu à ce point d'acuité qu'il peut appliquer sa pointe à n'importe quel objet indifféremment : c'est la science universelle de Descartes. De fait Descartes, durant ses dernières

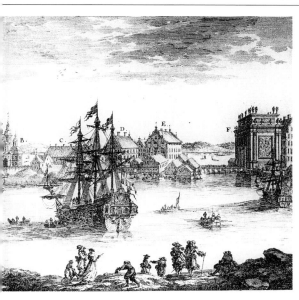

■ *Stockholm.*
Le Palais royal.
Gravure (XVIIᵉ siècle).
Au XVIIᵉ siècle,
la Suède est
devenue une grande
puissance dont
l'alliance est
recherchée par tous
les grands potentats
européens. Les frais
imposés par la
guerre de Trente
Ans ont conduit la
couronne à vendre
une partie importante
du domaine royal
à la noblesse,
désormais toute-
puissante. Christine
ne résoudra pas
ces problèmes, mais
fera de sa cour une
véritable académie,
réunissant autour
de Descartes
de nombreux
savants. (Paris, BNF.)

années, lorsqu'il parle à ses amis de sa solitude stu-
dieuse, soit pour la préserver, soit pour la regretter, –
Descartes n'invoque pas quelque travail entrepris qu'il
voudrait achever ni quelque série particulière d'expériences (ainsi M. Teste se désintéresse des résultats et des
œuvres) : il veut qu'on le laisse exercer son esprit, cultiver son esprit, poursuivre la recherche de la vérité, – les
modalités, occasions et circonstances étant indifférentes.
Nous savons que l'échéance est proche, puisqu'à Stockholm il ne lui reste guère que quatre mois à vivre, nous
sommes portés à teinter de solennité les moindres épi-
sodes de son séjour suédois : il est exact cependant que
chaque anecdote le montre jouant au naturel le rôle qu'a
réimaginé Valéry pour son romanesque héros. Il vient
d'étonner un pilote ; il se dispose à piloter un souverain.

Cette pensée semble bien être entre elle et lui. Déjà le
21 février 1648, écrivant à Chanut son « extrême joie »
de savoir certains de ses écrits lus par la reine, « j'ose me
promettre que, disait-il, si elle goûte les pensées qu'ils

contiennent, elles ne seront pas infructueuses, et parce qu'elle est l'une des plus importantes personnes de la terre, que cela même peut n'être pas inutile au public ». Christine le reçut le lendemain puis le surlendemain de son arrivée ; et aussitôt elle s'est enquise d'Élisabeth. Elle sait ce qu'est cette amitié pour l'homme et pour le philosophe ; mais elle sait aussi qu'il voudrait ménager un rapprochement entre les deux femmes, projet qui intéresse la politique plus encore que les personnes (Élisabeth est la fille de l'aventureux et malchanceux Frédéric V, électeur palatin et roi de Bohême). Il a déjà fait, dans ses lettres, des avances, qu'elle a toujours éludées : et c'est elle maintenant qui prend les devants.

Depuis quelques années la politique l'occupe davantage, peut-être sous l'influence d'Élisabeth elle-même, ou par réflexion sur la situation de la princesse. En 1646 ils ont convenu de lire l'un et l'autre le *Prince* de Machiavel, expressément pour donner à Descartes l'occasion de le commenter. Au début de 1648 il prépare son troisième voyage en France, et considère les mois qui l'en séparent comme, dit-il, « le temps le plus tranquille que j'aurai peut-être de ma vie ». Que prévoit-il donc ? Il est à la fois discret et allusif, il invoque des « affaires domestiques » mais aussi « plusieurs raisons » sur lesquelles il ne s'explique pas, ajoutant seulement, énigmatique :

> On m'y a fait aussi l'honneur de m'y offrir pension de la part du Roi, sans que je l'aie demandée ; ce qui ne sera point capable de m'attacher, mais il peut arriver en un an beaucoup de choses.
>
> (Lettre à Élisabeth, 31 janvier.)

Déjà à la fin de son second séjour, et à propos de cette même pension, il avait raconté à Huygens qu'on lui faisait « espérer d'autres avantages » s'il revenait se fixer en France. Le 21 février 1648, il déclare à Chanut, sans préparation :

> J'avoue que je ne souhaiterais pas un emploi pénible, qui m'ôtât le loisir de cultiver mon esprit, encore que

cela fût récompensé par beaucoup d'honneur et de profit. Je dirai seulement qu'il ne me semble pas que le vôtre soit du nombre de ceux qui ôtent le loisir de cultiver son esprit [...].

On se rappelle quels amers souvenirs il rapporta de ce voyage de 1648.

> J'étais bien aise de ne rien écrire de mon retour, afin de ne sembler point le reprocher à ceux qui m'avaient appelé. [...] Cette rencontre m'a enseigné à n'entreprendre jamais plus aucun voyage sur des promesses, quoiqu'elles soient écrites en parchemin.
>
> (Lettre à Chanut, 26 février 1649.)

> On m'avait envoyé des lettres en parchemin, et fort bien scellées, qui contenaient des éloges plus grands que je n'en méritais, et le don d'une pension assez honnête. Et de plus, par des lettres particulières de ceux qui m'envoyaient celles du Roi, on me promettait beaucoup plus que cela, sitôt que je serais arrivé.
>
> (Lettre à Chanut, 31 mars 1649.)

C'est donc un espoir très précis qui avait été déçu.

■ *La Cour de Christine de Suède*, par Louis Michel Dumesnil. Ce tableau de Dumesnil est une composition libre du XVIIIe siècle : on y voit Descartes faisant une démonstration de géométrie à la reine Christine, assise en face de lui, entourée du Grand Condé, de Huet et de Mersenne. (Versailles, Musée du château.)

Christine ne s'est-elle pas flattée de profiter d'une occasion que le roi de France n'avait pas su prendre ? « Ayant reçu de bonne heure, dit Baillet, la capacité de son esprit qui s'étendait encore à d'autres choses que la philosophie, elle ne tarda point à le mettre de son conseil secret : et la confiance qu'elle eut en lui la porta à régler sa conduite particulière et même divers points concernant le gouvernement de ses États, sur ses avis. »

Naguère elle s'était donné le plaisir sadique de contraindre à danser le prédécesseur de Chanut : il était goutteux. Cela, Baillet précise qu'elle ne put l'obtenir de Descartes (elle le lui avait donc demandé). Il accepta, en revanche, et non sans plaisir, de « composer des vers français pour le bal » qu'on dansa le 19 décembre, pour célébrer à la fois la paix de Westphalie et le vingt-troisième anniversaire de la reine. Ce ballet de circonstance s'appelait *La Naissance de la Paix*. Le livret en avait été imprimé, puis perdu ; c'est un étudiant suédois, M. Johan Nordstrom, qui le retrouva à Upsal, et le publia en 1920, avec Albert Thibaudet, dans le deuxième numéro de la *Revue de Genève*.

Descartes disait avoir été jadis « amoureux de la poésie » ; et on se souvient d'une étonnante remarque sur la connaissance poétique dans les *Cogitationes privatae*. Il citait encore Théophile en 1647. Il prétendait se montrer capable en toute circonstance d'user de son esprit selon la circonstance. Pourquoi n'eût-il pas écrit les vers d'un divertissement dansé ? La critique, il est vrai, se décontenance en les lisant, parce qu'elle n'y retrouve pas l'éblouissante technique de la *Prière pour le roi Henri le Grand allant en Limousin* : elle voudrait dire et n'ose pas dire qu'ils sont mauvais. Elle a raison de se retenir. D'abord parce que le métier d'un Malherbe n'est pas celui qui convenait pour le livret d'un ballet. Ensuite parce que ce livret est bien d'une nouveauté extraordinaire et assez scandaleuse, si l'on songe aux conventions du genre, qui est un genre abstrait, et au surcroît d'abstraction qu'on pouvait attendre d'un philosophe.

Il se compose de dix-neuf « entrées », dont l'ensemble est précédé et suivi d'un « récit ». On y trouve tout l'assortiment allégorique et mythologique que réclame le genre : mais aux Dieux et aux Figures viennent se mêler d'une manière hallucinante des personnages à la Callot que l'on ne peut imaginer costumés qu'avec le réalisme des *Misères de la guerre*. Ainsi la Justice ou la Renommée sont contrepesées par la Terreur Panique :

DÉSUNION
D'UNE ÂME ET
D'UN CORPS

> Moi qui suis fille de la nuit,
> Qui suis froide, pâle et tremblante,
> Quand je veux donner l'épouvante
> À un million de guerriers,
> Et fouler aux pieds leurs lauriers,
> Il ne me faut qu'une chimère,
> Un songe, ou une ombre légère,
> Que j'envoye dans leurs cerveaux.
> Et ils tremblent comme des veaux,
> Ils fuient, ils deviennent blêmes…

Surviennent les Fuyards :

> Nous nous sommes bien défendus.
> Mais nous étions vendus.
> Tous nos chefs n'ont rien fait qui vaille…

Après un retour de galanterie, voici les Estropiés :

> Qui voit comme nous sommes faits
> Et pense que la guerre est belle,
> Ou qu'elle vaut mieux que la Paix,
> Est estropié de cervelle.

Paraissent encore les « Goujats qui vont au pillage » ou les « Paysans ruinés » ; après quoi on remonte au Parnasse, puis, avant que Janus ne ferme les portes de son temple, la Terre enfin pacifiée parle :

> Ne vous étonnez pas de me voir jeune et belle,
> Moi qui vous paraissais tantôt tout autrement :
> Mon naturel est tel que je me renouvelle
> Sitôt que je jouis de mon contentement.

■ Gravure de Jacques Callot. Descartes écrivit, pour fêter les vingt-trois ans de la reine et la paix de Westphalie, un ballet, *La Naissance de la Paix* ; il y dénonce les misères de la guerre sur un ton sans concession. (Paris, BNF.)

Quand mes bois sont coupés, mes villes ruinées,
Tous mes champs délaissés, mes châteaux démolis,
On peut dire à bon droit que j'ai maintes années,
Et que mes membres morts sont presque ensevelis.

Mais la paix revenant on répare mes villes,
On sème d'autres bois, on fait d'autres châteaux,
On cultive mes champs pour les rendre fertiles,
Et j'ai par ce moyen des membres tout nouveaux.

Nul doute qu'un flagorneur n'eût choisi un autre chemin : lorsqu'on cherche la faveur des Puissants, on ne parle pas de la guerre sur ce ton, fût-ce pour les louer de leur paix. Cette paix-là est une paix toute nue, non une paix en habit de cour.

Les pensées qui gèlent

Seulement c'est encore un mythe – au second degré – que d'appliquer le mythe de M. Teste au Descartes suédois. Car cette pincée de faits ne nous autorise qu'à imaginer comment les choses auraient pu se passer si elles s'étaient passées comme elles devaient. On croirait que le destin, soudain dégoûté d'un premier projet, eût par quelque caprice décidé de changer de cap. L'événement, qui pouvait bien tourner, tourne mal. Il tourne à une dégradation sinistre.

Gravure de Jacques Callot. (Paris, BNF.)

Dès les premières audiences Christine parle à Descartes du désir qu'elle a de lui donner la nationalité suédoise, de l'incorporer à la noblesse suédoise. Il est averti, semble-t-il : il élude et ne répond « que par compliment », dit Baillet, fort résolu, on le voit dans plusieurs de ses dernières lettres, à ne pas céder cette fois. Il ne joue plus ce jeu-là. Mais la têtue réattaquera de flanc, à la fin de décembre, par Chanut revenu de France ; et puisqu'on lui oppose la rigueur du climat, elle proposera de créer pour Descartes un domaine et une seigneurie héréditaires, avec trois mille écus de rente, dans ses terres nouvellement acquises de Brême ou de Poméranie.

Elle voulait apporter à ses leçons de philosophie « tout son esprit » et « toute son application » : elle choisit, rapporte Baillet, « la première heure d'après son lever pour cette étude, comme le temps le plus tranquille et le plus libre de la journée, où elle avait le sens plus rassis et le cerveau plus dégagé de l'embarras des affaires ». Descartes se levait tard : elle décida qu'il se présenterait au palais à cinq heures du matin. Il reçut l'ordre « avec respect », et sans objecter ni sa coutume ni même l'intérêt de sa santé « dans ce nouveau changement de demeure, et dans une saison qui était encore plus rigoureuse en Suède que partout où il avait vécu jusqu'alors ». Par compensation on le dispensa de la corvée de cour, il ne se mêlerait pas aux courtisans, il ne se montrerait qu'aux heures fixées d'avance pour ses audiences personnelles (ce qui, va-t-il écrire à Élisabeth le 9 octobre, « s'accommode fort à mon humeur »). Enfin Christine lui octroya un mois ou six semaines de répit, « pour se reconnaître, se familiariser avec le génie du pays, et faire prendre racine à ses nouvelles habitudes, par lesquelles elle espérait lui faire goûter son nouveau séjour, et le retenir auprès d'elle pour le reste de ses jours ».

Il s'empressa, bien sûr, de proclamer que la reine l'avait séduit au-delà de son attente. Il l'écrivit à Brasset, qui à son tour répandait déjà la nouvelle le 4 novembre (et de la Suède à la Hollande les courriers n'allaient pas trop vite) : « Il lui semble que toutes les louanges qu'il lui a vu donner par d'autres sont fort au-dessous de ce qu'elle mérite », « il ne se veut pas étendre sur ce sujet, encore que son imagination en soit si fort remplie, qu'il a peine de retenir sa plume ». Et dès le 9 octobre, trois jours peut-être après la deuxième audience, il confie à Élisabeth qu'il a reconnu en Christine « pas moins de mérite » et « plus de vertu que la renommée lui en attribue » (remarquons toutefois la distinction).

> Avec la générosité et la majesté qui éclatent en toutes ses actions, on y voit une douceur et une bonté, qui obligent tous ceux qui aiment la vertu et qui ont l'honneur d'approcher d'elle, d'être entièrement dévoués à son service.

DÉSUNION D'UNE ÂME ET D'UN CORPS

■ *Les Illustres Français*. Gravure. Avant de quitter les Pays-Bas, Descartes avait entendu parler de la liberté de mœurs de Christine. Mais, peu de temps après son arrivée, il s'insurge contre cette réputation et affirme que la reine est « absolument maîtresse de ses passions ». (Paris, BNF.)

Mais aussitôt après et sans transition :

> Une des premières choses qu'elle m'a demandées a été
> si je savais de vos nouvelles, et je n'ai pas feint de lui
> dire d'abord ce que je pensais de Votre Altesse ; car,
> remarquant la force de son esprit, je n'ai pas craint que
> cela lui donnât aucune jalousie, comme je m'assure
> aussi que V. A. n'en saurait avoir, de ce que je lui écris
> librement mes sentiments de cette Reine.

Ce mot de « jalousie » en va-et-vient, de la reine à la
princesse et sur-le-champ retourné de la princesse à la
reine, emporte on ne sait quelles complications sentimentales, et des histoires de femmes jetées en plein tra-
vers des affaires. Élisabeth saura répondre au contraire
qu'elle s'estime maintenant elle-même un peu plus
« que je ne faisais avant qu'elle m'a fait avoir l'idée d'une
personne si accomplie, qui affranchit notre sexe de l'im-
putation d'imbécillité et de faiblesse que MM. les
pédants lui voulaient donner ». C'est la louange même
sur laquelle s'ouvre le portrait de Clorinde ; c'est le fémi-
nisme des précieuses.

Descartes poursuit sa lettre et, sans transition encore :

> Elle est extrêmement portée à l'étude des lettres, mais,
> parce que je ne sache point qu'elle ait encore rien vu
> de la philosophie, [et voilà plus de trente mois qu'elle
> lit ses lettres et ses livres !] je ne puis juger du goût
> qu'elle y prendra, ni si elle y pourra employer du
> temps, ni par conséquent si je serai capable de lui don-
> ner quelque satisfaction, et de lui être utile en quelque
> chose. Cette grande ardeur qu'elle a pour la connais-
> sance des lettres, l'incite surtout maintenant à cultiver
> la langue grecque, et à ramasser beaucoup de livres
> anciens ; mais peut-être que cela changera. Et quand il
> ne changerait pas, la vertu que je remarque en cette
> Princesse, m'obligera toujours de préférer l'utilité de
> son service au désir de lui plaire ; en sorte que cela ne
> m'empêchera pas de lui dire franchement mes senti-
> ments ; et s'ils manquent de lui être agréables, ce que je

ne pense pas, j'en tirerai au moins cet avantage que j'aurai satisfait à mon devoir, et que cela me donnera occasion de pouvoir d'autant plus tôt retourner en ma solitude, hors de laquelle il est difficile que je puisse rien avancer en la recherche de la vérité ; et c'est en cela que consiste mon principal bien en cette vie.

Descartes semble en effet avoir dit tout cru à la reine que ses occupations philologiques n'étaient que des « bagatelles », que lui-même en avait « appris tout son soûl, étant petit garçon dans le collège, mais qu'il était bien aise d'avoir tout oublié en l'âge de raisonner ». Au surplus il avait eu le déplaisir de retrouver à la cour, dans le parti des « grammairiens et autres sçavantasses », certains Hollandais qu'il avait eus contre lui dans les bagarres d'autrefois. Dès son arrivée la faveur que lui montrait la reine « contribua peut-être, dit Baillet, à augmenter encore la jalousie de quelques savants, à qui sa venue semblait avoir été redoutable ». Son franc-parler, le succès de son ballet redoublèrent l'aigreur. Auprès des seigneurs et des ministres on insinua qu'il « était dangereux qu'il eût part à d'autres affaires que celles qui regardaient la philosophie et les sciences ». Il fallut du temps pour qu'à la cour on le distinguât enfin « d'avec les savants de profession, qui y rendaient les sciences odieuses à la noblesse ».

Cependant, et durant le répit que Christine lui laisse pour s'accoutumer au pays et aux gens, Descartes tue le temps. Mme Chanut, restée à Stockholm pendant l'absence de son mari, a gardé ouverte la résidence, bientôt promue ambassade. C'est là qu'il loge. Il s'entend bien avec le P. Viogué, l'aumônier du poste, qu'il a pris pour directeur, et fait un jour « un beau discours sur notre Rédemption ». Il entreprend des expériences, ou simplement des mesures, sur la pression locale de l'atmosphère. Il se lie avec un compatriote, le comte de Brégy, qui arrive de Varsovie, un peu parlementaire, un peu diplomate, un peu militaire, assez aventurier (comme d'ailleurs sa femme) et prochain amant de Christine, –

agent secret en mission au lit de la reine ; à Brégy sont adressées les deux dernières lettres que nous ayons de lui, l'une le 18 décembre, l'autre le 15 janvier. « Je parle à fort peu de personnes », lui écrit-il le 18 décembre en lui envoyant un exemplaire de *La Naissance de la Paix*. Baillet note qu'au moment où il avait reçu commande du ballet il se trouvait « déjà fatigué de l'oisiveté dans laquelle il était retenu par la reine, qui semblait ne l'avoir fait venir que pour le divertir ».

Chanut rentré à la fin des fêtes, Christine s'absente ; elle se rend à Upsal pour une quinzaine de jours. Avant ou après, on ne sait, Descartes compose encore, sur son ordre, une comédie ; on ne l'a pas retrouvée ; Baillet la décrit comme enjouée, « un peu mystérieuse, mais honnête, et dans le goût des Anciens ». Et puis la reine charge son philosophe de dresser les statuts d'une Académie ; il prévoit d'en exclure les étrangers : on l'accuserait de s'y ménager un siège, il a déjà bien assez d'affaires. Quoi encore ? Deux peintres font son portrait, Sébastien Bourdon et David Beck de Delft (celui de Frans Hals datait des derniers temps de Hollande) ; encore le tableau de Beck peut-il avoir été peint après sa mort. Quel piétinement misérable ! Il en a conscience, et avec accablement, lorsque le 15 janvier il écrit à Brégy la lettre qui est pour nous sa dernière lettre ; il n'a vu la reine « que quatre ou cinq fois » depuis le 18 décembre :

Pour d'autres visites, je n'en fais aucunes, et je n'entends parler de rien, de façon qu'il me semble que les pensées des hommes se gèlent ici pendant l'hiver aussi bien que les eaux [...]. Je vous jure que le désir que j'ai de retourner en mon désert s'augmente tous les jours de plus en plus, et que je ne sais pas même si je pourrai attendre ici le temps de votre retour. Ce n'est pas que je n'aie toujours un zèle très parfait pour le service de la Reine, et qu'elle ne me témoigne autant de bienveillance que j'en puis raisonnablement souhaiter. Mais je ne suis pas ici en mon élément, et je ne désire que la tranquillité et le repos, qui sont des biens que les plus

■ Portrait présumé de René Descartes, par Sébastien Bourdon. Après hésitations et retards, Descartes s'embarque pour la Suède : le traité des *Passions* ne condamnait-il pas l'inaction née de la crainte d'un mauvais destin ? (Paris, musée du Louvre.)

puissants rois de la terre ne peuvent donner à ceux qui ne les savent pas prendre d'eux-mêmes.

Désunion de l'âme et du corps

Désormais les choses vont aller très vite.

Descartes maintenant se rend au palais pour cinq heures tous les matins (ou peut-être seulement trois fois par semaine). Le 1er février, en revenant de porter à la reine son projet pour une Académie, il sent qu'il prend froid. Le 2, fête de la Purification de la Vierge, il fait ses dévotions, communie, et s'alite. On a prétendu aussitôt, entre autres hypothèses délirantes, que ses ennemis l'avaient empoisonné. Plus simplement, il est atteint de congestion, puis de pneumonie.

Chanut, qui reconnaît les symptômes d'un mal dont lui-même justement se remet à peine, offre des conseils : mais, dit Baillet, « la fièvre qui était interne ayant saisi d'abord M. Descartes par le cerveau, elle lui ôta la liberté d'écouter les avis salutaires de cet ami, et ne lui laissa de forces que pour résister à la volonté de tout le monde ». Par malheur, le premier médecin de Christine, un Français, du Ryer, ancien Jacobin défroqué (« cette infidélité, avoue naïvement le pieux Baillet, ne fut point punie par la privation de ses talents naturels »), est absent ; et Descartes, dévotion mise à part, n'a confiance qu'en lui. Reste le Hollandais Van Wullen, ou Weulles, qui est précisément, et depuis Utrecht et Leyde, de la cabale. Suivons maintenant la relation de Baillet, et gardons-nous d'épargner les détails :

« Ce médecin, sachant ce qu'il devait à la Reine et à l'intégrité de sa profession, alla déclarer sa commission à M. Chanut, et offrir ses services au malade, qui était déjà sur la fin du second jour de son mal. M. Chanut – sans l'introduire encore auprès de Descartes – l'informa exactement de toutes choses, avec la confiance qu'il aurait eue pour M. du Ryer. Il lui marqua qu'il n'avait voulu prendre ni remède ni nourriture, ni même aucune tisane ou autre boisson rafraîchissante, depuis le premier jour de sa maladie ; qu'il avait presque toujours été assoupi

■ *Antoine de Hénin, sur son lit de mort, par Jean Bellegambe le Jeune. Descartes meurt le 11 février 1650, à l'aube. À Mersenne qui craignait toujours pour la santé de Descartes dès que celui-ci restait trop longtemps sans lui donner de nouvelles, le philosophe répondait qu'il lui semblait « être maintenant plus loin de la mort qu'en sa jeunesse » et lui rappelait que l'un des « points de sa morale était d'aimer la vie sans craindre la mort » (9 janvier 1639). (Douai, musée de la Chartreuse.)*

jusqu'à la fin du second jour sans sentir son mal ; que dans les intervalles de son réveil on lui avait proposé la saignée comme un remède nécessaire, mais qu'il l'avait toujours refusée, ne croyant avoir qu'un rhumatisme. »

Le troisième jour, « la fièvre qui n'avait été qu'interne jusque-là, commença à faire paraître sa violence. Il ne put plus reposer ; et l'inflammation qui augmentait toujours dans son poumon lui causa des agitations qu'on ne put arrêter. Quoiqu'il eût refusé de voir aucuns médecins les deux jours précédents, par la crainte de tomber entre les mains des charlatans ou des ignorants, il consentit néanmoins par respect pour la Reine et par complaisance pour M. Chanut que M. Weulles entrât. Après s'être entretenus pendant quelque temps sur la nature du mal, et le genre du remède, le médecin conclut pour la saignée : mais le malade qui n'était convenu de rien avec lui, s'obstina toujours à rejeter

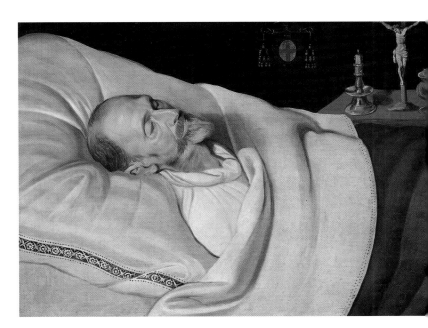

cette opération, alléguant que la saignée abrège nos jours, et qu'il avait vécu quarante ans en santé sans la faire ».

Le quatrième jour, chacun reste sur ses positions, au point que ni M. Weulles ni les autres médecins dépêchés par la reine n'osent même se montrer. « L'esprit du malade se trouvant de plus en plus embarrassé dans un cerveau qui était tout en feu, n'était plus en état de se servir de sa raison ; et dès que l'on parlait de le saigner, son aversion lui faisait dire : "Messieurs, épargnez le sang français." M. Weulles qui depuis quatre mois n'avait jamais échappé une occasion de le contredire suivant la résolution qu'il avait prise d'abord de le perdre auprès de la Reine, n'avait pas sans doute intention de le tuer en cet état, mais aussi jura-t-il qu'il ne le guérirait pas malgré lui. Et il se peut faire que le malade mal satisfait de son peu de complaisance, l'ait dispensé de revenir, et lui ait dit hors des intervalles de sa raison, que "s'il devait mourir, il mourrait avec plus de contentement, s'il ne le voyait point". Mais M. Weulles qui s'en offensa, était indigne de sa profession, s'il ignorait que les injures d'un malade ne sont jamais des injures pour un médecin, surtout lorsqu'elles partent d'un transport qui se fait au cerveau. » Chanut conjurait son ami de céder : « Mais le cerveau étant toujours occupé de la fièvre, jamais il ne se laissa vaincre ; et sans vouloir s'imaginer qu'il fût aussi mal que les médecins le jugeaient, il se contenta de dire qu'il fallait attendre "que le mal vînt en maturité" pour délibérer sur leurs moyens. » La reine, qui faisait prendre des nouvelles deux fois par jour, ajoutait à la confusion en montrant son « impatience ».

« Sur la fin du cinquième jour l'embrasement s'accrut tellement dans le poumon, que la maladie fut jugée dès lors incurable. » Les médecins, « que la Reine envoyait toujours avec des ordres nouveaux », se réunissaient à l'ambassade, mais se gardaient d'affronter l'irascible malade : entre lui et eux Chanut et sa femme faisaient la navette, apportant les nouvelles et remportant les ordonnances, qu'ils « lui faisaient agréer le mieux qu'il leur était possible ». « Pendant tout ce temps de transport, ceux qui l'approchaient remarquèrent une singularité assez particulière pour un homme que plusieurs croyaient n'avoir eu la tête remplie, toute sa vie, que de Philosophie et de Mathématiques : c'est que toutes ses rêveries ne tendaient qu'à la piété, et ne regardaient que les grandeurs de Dieu, et la misère de l'homme. […] Pendant tout le temps que la fièvre lui fit suspendre l'usage de sa raison, elle lui ôta bien le sentiment de son mal ; mais […] elle ne lui causa jamais le moindre égarement dans ses discours, tant ses rêveries étaient suivies. »

« Sur la fin du septième jour la chaleur quitta le cerveau pour se répandre par tout le corps. Ce qui le rendit un peu plus le maître de sa tête et de sa raison. Alors il ouvrit les yeux sur son état, et il commença pour la première fois à sentir sa fièvre au huitième jour de sa maladie. Il reconnut sur l'heure qu'il s'était trompé ; il marqua la cause de son erreur ; et il témoigna sans détour à Monsieur et à Madame Chanut, que la soumission qu'il avait pour les ordres de Dieu lui faisait croire que ce souverain arbitre de la vie et de la mort avait permis que son esprit demeurât si longtemps embarrassé dans les ténèbres, de peur que ses raisonnements ne se trouvassent pas assez conformes à la volonté que le Créateur avait de disposer de sa vie. Il conclut que puisque Dieu lui rendait l'usage libre de sa raison, il lui permettait par conséquent de suivre ce qu'elle lui dictait, pourvu qu'il s'abstînt de vouloir pénétrer trop curieusement dans ses décrets, et de faire paraître de l'inquiétude pour l'événement. C'est pourquoi il se fit saigner de son propre mouvement par le chirurgien de M. l'Ambassadeur vers les huit heures du matin. » Une heure plus tard, apprenant « que le sang qu'on lui avait tiré n'était que de l'huile », il réclama une seconde saignée. Elle ne fit pas davantage tomber la fièvre.

« Persuadé de plus en plus de l'inutilité de toutes sortes de remèdes, il souhaita qu'on fît chercher le Père

Viogué, le directeur de sa conscience, et pria qu'on ne l'entretînt plus que de la miséricorde de Dieu, et du courage avec lequel il devait souffrir la séparation de son âme. » Toute la famille Chanut était réunie autour de son lit, attendrie et édifiée par ses propos. Il la remercia pour tout ce qu'il avait reçu d'elle de soins et d'affection.

« L'après-midi du huitième jour, six heures après la seconde saignée, il s'éleva un sanglot, qui ne lui laissa plus qu'une respiration entrecoupée jusqu'au lendemain : il ne crachait plus qu'avec difficulté ; et les flegmes qu'il tirait de sa poitrine n'étaient qu'un sang noirâtre et corrompu. […] Sur le soir il demanda qu'on lui fît infuser du tabac dans du vin pour se procurer un vomissement. M. Weulles jugea que le remède aurait été mortel à tout homme en pareil état, dont la maladie n'aurait pas été désespérée ; mais que dorénavant l'on pouvait tout permettre à M. Descartes : après quoi il abandonna entièrement son malade. Le tempérament que l'on prit fut de tremper le vin de beaucoup d'eau, et de jeter dans le verre un morceau de tabac que l'on retira sur-le-champ sans le faire infuser, parce qu'on crut que c'était assez qu'il y laissât son odeur. La nuit suivante il entretint M. l'Ambassadeur de sentiments de Religion, et lui marqua en termes également généreux et touchants la résolution où il était de mourir pour obéir à Dieu, espérant qu'il agréerait le sacrifice volontaire qu'il lui offrait pour l'expiation de toutes les fautes de sa vie. Cependant le Père Viogué, qu'il attendait pour la réitération des Sacrements qu'il avait reçus le premier jour de sa maladie, et encore un mois auparavant, ne venait pas ; et sur le minuit le malade, qui témoignait n'avoir aucune douleur sensible, parut diminuer de connaissance. Sa vue sembla s'éteindre à demi, et ses yeux plus ouverts qu'à l'ordinaire furent tout égarés. Quelques heures après, l'oppression de la poitrine augmenta jusqu'à lui ôter la respiration. »

Le matin du neuvième jour, il demanda à Schluter, son valet, un peu de nourriture – « des panets » –, « parce qu'il craignait que ses boyaux ne se rétrécissent,

■ *Vanitas*,
par Pieter Claez.
Descartes aura passé
sa vie à « avancer
en la recherche
de la vérité », qu'il
considérait comme le
« bien principal de la
vie » : la philosophie
constituait la teneur
de sa vie et, loin
d'y voir une vanité,
Descartes y trouvait
une intensité, comme
le révèle une lettre
à Mersenne où il
demande à son ami :
« Vous croirez
toujours s'il vous plaît
que je vis, que je
philosophe, et que je
suis passionnément »
(9 janvier 1639). (La
Haye, Mauristhuis.)

s'il continuait à ne prendre que des bouillons, et s'il ne donnait de l'occupation à l'estomac et aux viscères, pour les maintenir dans leur état ». Il mangea, puis « demeura si tranquille » qu'on reprit espoir. Lui-même, « quoique assuré par sa propre connaissance de l'arrêt irrévocable prononcé sur sa vie, se persuada pendant tout le reste de la journée, qu'il pourrait durer encore un temps assez considérable. De sorte que sur les neuf à dix heures du soir, pendant que tout le monde était retiré de sa chambre pour le souper, il voulut se lever et demeurer quelque temps auprès du feu avec son valet de chambre ». Et dans la soirée ou dans la nuit – trait rapporté par sa nièce Catherine et que Baillet n'a pas connu – il dicta pour ses frères une lettre où il leur recommandait « de pourvoir à la subsistance de sa nourrice, de laquelle il avait toujours eu soin pendant sa vie ».

Mais, dans son fauteuil, épuisé, il se trouva mal. Lorsqu'il revint à lui, « il parut changé entièrement, et il dit à son valet : "Ah ! mon cher Schluter, c'est pour ce coup qu'il faut partir" ». Du même mot Clerselier a donné une version embellie : « Dans l'agitation et l'ardeur de sa fièvre, pour montrer que les saintes pensées qu'il avait eues lors étaient encore bien profondément gravées en son esprit, il n'avait point de plus fréquente rêveries que de s'entretenir de la délivrance prochaine de son âme.

156

dangereuse et ne souffrit pas qu'on
luy tirast du sang pendant les pre-
mieres jours, ce qui rendit le mal
si violent que toutes nos peines Et
le soing continuel que la Reine de
suede aprist de luy envoyer ses medecins
nous point empesché qu'il ne soit
decedé le neufiesme jour de sa
maladie, sa fin a esté douce
et paisible et pareille à sa vie,
pour ce qu'il me faisoit l'honneur
de vivre avec moy, j'ay esté obligé d'avoir soing de ce qu'il a laissé,
et faire dresser un juventaire de
tout ce qui s'est trouvé dans ses
coffres, entre ses papiers il s'est
rencontré quantité de lettres que
vostre altesse Royalle luy a fait
l'honneur de luy escrire qu'il tenoit
bien precieuses, quelques unes estant
soigneusement serrées avec ses plus
importans papiers, je les ay tousis

"Çà, mon âme, disait-il, il y a longtemps que tu es captive ; voici l'heure que tu dois sortir de prison, et quitter l'embarras de ce corps ; il faut souffrir cette désunion avec joie et courage". » L'amplification ressemble fort aux « harangues supposées » dont les historiens étaient alors coutumiers sans avoir l'idée de tromper personne ; toutefois Clerselier, frère de Mme Chanut, moins scrupuleux d'ailleurs que Baillet et plus soucieux d'édification, devait être bien renseigné sur le climat de ces dernières heures : il peut y avoir plus de justesse que d'exactitude dans la songerie qu'il prête à Descartes sur la désunion d'une âme et d'un corps dont l'inconcevable union l'avait tant préoccupé sa vie durant.

« Schluter, effrayé de ces paroles, poursuit Baillet, remet incontinent son maître dans le lit, et l'on court à M. l'Ambassadeur déjà couché, et au Père Viogué, aumônier de la maison, qui n'était arrivé que ce soir des courses de sa Mission. Le Père monta promptement avec Madame Chanut et la famille. M. l'Ambassadeur, tout convalescent et tout infirme qu'il était, voulut aller recueillir les dernières paroles et les soupirs de son ami. Mais il ne parlait déjà plus. Le Père aumônier voyant qu'il n'était plus en état de faire sa confession de bouche, fit souvenir l'assemblée qu'il s'était acquitté de tous les devoirs d'un fidèle dès le premier jour de sa maladie ; que la souffrance de ses maux était une satisfaction qu'il avait rendue à la justice de Dieu, et un accomplissement des Sacrements qu'il avait reçus. Il dit ensuite à son malade que Dieu acceptait la volonté qu'il avait témoignée, pour réitérer les mêmes Sacrements. Remarquant à ses yeux et au mouvement de sa tête, qu'il avait l'esprit dégagé, il le pria de faire quelque signe, s'il l'entendait encore, et s'il voulait recevoir de lui la dernière bénédiction, car le défaut des choses nécessaires pour l'Extrême-Onction ne permettait pas qu'on lui administrât ce sacrement. Aussitôt le malade leva les yeux au ciel d'une manière qui toucha tous les assistants, et qui marquait une parfaite résignation à la volonté de Dieu. Le Père lui fit les exhortations ordi-

DÉSUNION D'UNE ÂME ET D'UN CORPS

■ Lettre de Chanut à Élisabeth, 19 février 1650. Dans cette lettre, Chanut évoque les derniers instants de Descartes et affirme à Élisabeth que leur ami « est mort content de la vie et des hommes ». Par la suite, la dépouille de Descartes allait subir de nombreuses vicissitudes : elle fut enterrée à Stockholm, avec les pestiférés et les enfants non baptisés, et le crâne fut vendu aux enchères et exposé ensuite au musée de l'Homme, à Paris, entre les crânes de l'homme de Neandertal et de Cartouche. Descartes fut finalement inhumé en l'église de Saint-Germain-des-Prés. (Paris, BNF.)

naires, auxquelles il répondit à sa manière. M. l'Ambassadeur qui entendait le langage de ses yeux, et qui pénétrait encore dans le fond de son cœur, dit à l'assemblée : "que son ami se retirait content de la vie, satisfait des hommes, plein de confiance en la miséricorde de Dieu ; et passionné pour aller voir à découvert et posséder une Vérité qu'il avait recherchée toute sa vie". La bénédiction donnée, toute l'assemblée se mit à genoux pour faire les prières des agonisants, et s'unir à celles que le Prêtre allait faire pour la recommandation de son âme au nom de toute l'Église des fidèles répandus par tout l'Univers. Elles n'étaient point achevées, que M. Descartes rendit l'esprit à son Créateur, sans mouvement, et dans une tranquillité digne de l'innocence de sa vie. Il mourut le onzième jour de février à quatre heures du matin, âgé de cinquante-trois ans, dix mois, et onze jours. »

Nécrolâtrie burlesque

Tout de suite la reine et l'ambassadeur se disputèrent le cadavre. Ainsi commençait une nouvelle sorte de vagabondage. La reine, non sans verser des larmes dont Baillet précise qu'elles étaient « très véritables et très abondantes », réclama la dépouille pour l'ensevelir en grande pompe et sous un monument magnifique, « au pied des Rois ses prédécesseurs, parmi les Seigneurs de la Cour et les grands Officiers de la Couronne ». Chanut objecta que ce faste aurait fait horreur à Descartes ; et puis il avait eu assez à souffrir des doutes des bien-pensants sur son orthodoxie, une sépulture protestante allait faire scandale ; et puis sa famille jugerait de sa dignité, sans doute, que les frais des obsèques fussent prélevés sur la succession. Christine céda. Le cadavre même ne fut pas naturalisé Suédois ; et, au cours d'une cérémonie simple, digne et toute privée, on le déposa dans un cimetière réservé aux orphelins, aux étrangers, aux gens qui n'étaient pas de la religion officielle et aussi aux « enfants morts avant l'usage de leur raison », c'est-à-dire en terre non hérétique ; peut-être y mettait-on aussi les pestiférés. Sur la fosse, Chanut fit élever un tombeau discret, en matériaux provisoires, où l'on se contenta de peindre, sans les graver dans une pierre, de « belles inscriptions » latines.

Cependant on avait dressé l'inventaire de ses papiers, lesquels furent, avec l'accord des héritiers, distraits de la succession, remis à Chanut et par lui confiés à Clerselier (qui allait commencer en 1657 à publier la Correspondance).

En 1653, on les envoya en France, serrés dans un coffre. Les routes étant peu sûres et le passage des frontières parfois malaisé, on crut prudent de mettre le coffre sur un bateau ; et en effet, il parvint jusqu'à Rouen sans dommage. Mais à Rouen il fallut le transborder sur une embarcation fluviale : aux approches de Paris celle-ci coula en Seine, et les manuscrits inédits de Descartes restèrent trois jours dans l'eau, « au bout desquels, raconte Baillet, Dieu permit qu'on les retrouvât à quelque distance de l'endroit du naufrage. Cet accident fit que l'on fut obligé d'étendre tous ces papiers dans diverses chambres pour les faire sécher. Ce qui ne put se faire sans beaucoup de confusion, surtout entre les mains de quelques domestiques qui n'avaient point l'intelligence de leur maître » (Clerselier) « pour en conserver la suite et l'arrangement ». Le miracle, pour parler à la manière de Baillet, fut que tout ne se trouvât point gâté sans remède : la connaissance que nous avons de Descartes eût été singulièrement rétrécie.

Les années passèrent. En 1666, un des successeurs de Chanut (Christine avait abdiqué en 1654) s'occupa de rapatrier les restes de Descartes. On dut négocier. Puis il y eut du pillage : le cercueil, ouvert au départ, le fut de nouveau pendant le transport, et des disciples fanatiques, ou des collectionneurs, y dérobèrent de quoi se faire des reliques. Ainsi le crâne demeura à Stockholm ; il ne devait en revenir qu'en 1822, offert à Cuvier par le chimiste suédois Berzélius, à l'occasion sans doute – et peut-être en pourboire – de sa désignation comme membre associé de l'Institut de France. Et Cuvier en fit don au Museum d'histoire naturelle. On en a comparé les mesures avec le tableau de Frans Hals et un autre portrait ; on a conclu que le trophée pouvait être authentique. Il se voit aujourd'hui au musée de l'Homme, dans une salle réservée aux races humaines ; la gradation y est savamment ménagée : passé le cap des nains et des géants, le visiteur parvient aux crânes, navigue parmi la pathologie, les déformations artificielles, réductions, mutilations et trépanations, et aborde enfin devant une grande vitrine, partagée en deux parties ; la première, consacrée aux « hommes illustres », contient le crâne de Descartes, flanqué de celui du comte de Saint-Simon : crâniennement parlant, il n'existe pas d'autre homme illustre ; la seconde partie de la même vitrine est dédiée aux « criminels », représentés par le crâne de Cartouche et par le squelette de Soliman, assassin de Kléber.

Après plusieurs mois de voyage, ce qui restait du corps fut entreposé à Paris chez M. d'Alibert, trésorier général de France, qui avait eu l'initiative et fait les frais de l'opération, puis mis « en dépôt sans cérémonie », dit Baillet, dans l'église Saint-Paul. Le projet était « d'exposer ce corps à toute la France sur le lieu le plus élevé de la capitale, et sur le sommet de la première Université du Royaume », c'est-à-dire de le confier à l'abbaye Sainte-Geneviève, aujourd'hui Saint-Étienne-du-Mont, regardée comme « le sanctuaire des Sciences » autant que « celui de la Religion ».

Seulement les formalités durèrent un semestre. L'autorité ecclésiastique était prise de scrupules ; l'homme qui avait haï les théologiens patentés et séjourné tant d'années en pays protestants devenait, les années passant, de plus en plus suspect ; les Jésuites, en particulier, qu'il avait ménagés, s'acharnaient contre sa mémoire. On ordonna une enquête, on exigea des certificats. Christine rédigea le sien, déclarant « par ces présentes que ledit sieur Descartes a beaucoup contribué à notre glorieuse conversion, et que la Providence de Dieu s'est servie de lui et de son illustre ami le sieur Chanut pour nous en donner les premières lumières » (dix ans plus tard elle dira plus simplement que « la facilité avec laquelle elle s'était rendue à plusieurs difficultés, qui l'éloignaient auparavant de la religion des catholiques, était due à certaines choses qu'elle avait ouï dire à M. Descartes »). D'ailleurs sa pompeuse attestation arriva lorsqu'on n'en avait plus besoin. Hasard ? Manœuvre ? Elle était dépitée de voir Stockholm se dessaisir de « ce trésor », elle proclamait qu'elle-même ne l'eût jamais souffert, regrettant, une fois de plus, son « magnifique tombeau ». Les cérémonies de Sainte-Geneviève eurent lieu les 24 et 25 juin 1667, fort solennelles, à ceci près qu'un ordre de la cour vint interdire au dernier moment (les Jésuites marquaient ce point-là) l'oraison funèbre que devait prononcer le P. Lallemant, chancelier de l'Université. Après le service M. d'Alibert « conduisit les principaux assistants chez le fameux Bocquet, où il leur donna un très somptueux et magnifique repas ».

La Révolution ferma l'église en 1792. Que faire de Descartes ? On l'enleva avec son cénotaphe, qu'on entreposa dans un musée. En octobre 1793, sur rapport de Marie-Joseph Chénier, on décréta son transfert au Panthéon, mais on négligea de passer à l'exécution. En 1819, pour s'en débarrasser, on le mit à Saint-Germain-des-Prés. Une stèle à son nom s'y voit encore. Elle est solidement encadrée de deux autres stèles qui immortalisent la mémoire, non plus de Cartouche et du comte de Saint-Simon, mais de dom Bernard de Montfaucon à droite et de Mabillon à gauche ; au-dessus et au centre du triptyque, donc au-dessus de la stèle de Descartes, un buste – celui de Mabillon, bien sûr ; le voilà sous bonne garde.

L'ensemble est appuyé au mur sud de l'église. À l'extérieur, au grand air, et lui faisant face sur l'autre rive du boulevard, la statue de Diderot s'agite. On voit bien que Diderot bouillonne. L'enthousiaste va-t-il ameuter Paris ? Ce brouillon est trop sage et ce fou trop justement compensé : il se rassied. Il sait que toutes les précautions sont bien vaines. On peut toujours prodiguer autour de Descartes les moniteurs et les gendarmes ; à peine l'a-t-on garrotté, il n'est plus là. Cela s'est fait sans violence ni scandale, mais sans équivoque. Il n'a pas eu à s'échapper : il était ailleurs, tout autour, au-delà, on ne sait où, dans une dimension incommensurable avec la discipline. Sa dépouille même a su déjouer la discipline. On l'a pourtant suivie et pistée, on se l'est disputée, on s'est jeté sur elle dès le dernier soupir rendu : or elle n'est plus là ; elle est ici et là, mais elle n'est nulle part, sinon dans l'inaccessible dimension cartésienne. Sans faire rien pour se dérober, elle a désemparé le fétichisme ; elle l'a laissé remplir son rôle macabre et burlesque, et s'est mise elle-même hors de portée, sans que personne voie comment cela s'est fait.

On voudrait dire que toutes ces histoires de monuments, de pompes funèbres, de temples cléricaux ou laïques ont rivalisé d'odieux et de dérisoire ; et on s'aperçoit que toute solution autre que celle que l'esprit de Descartes a imposée à l'ordre des choses, aurait été indigne de Descartes, et indécente. « À force de contempler le fameux portrait de Hals », écrit Alain dans son *Histoire de mes pensées,* « et les reproductions que j'en ai, j'ai fini par reconnaître le janséniste, produit national, sujet rebelle quoique soumis, inattaquable et soupçonné, en qui l'hérésie est présente et repoussée, et qui voit clair aux confessions. Aussi n'en fait-il point, ni commerce de salut, ni vente d'indulgences, quoiqu'il en achète. Et c'est un homme terrible à prendre pour maître. Son œil semble dire : "Encore un qui va se tromper" ».

ANNEXES

Chronologie

1596 : 31 mars : Naissance de René Descartes à La Haye, en Touraine (la commune porte depuis 1802 le nom de La Haye-Descartes).

Attaches en Poitou, par ses ascendances paternelle et maternelle comme par les biens fonciers qu'y possède sa famille et dont plusieurs lui reviendront par héritage. Son père, Joachim Descartes, est conseiller au Parlement de Bretagne ; il mourra en 1640. Sa mère, Jeanne Brochard, mourra le 13 mai 1597.

1597-1606 : René est élevé à La Haye par sa grand-mère maternelle, et par une nourrice qu'il n'oubliera jamais, qui lui survivra, à qui il servira une pension toute sa vie et qu'en mourant il recommandera à ses héritiers.

1606-1614 : Études au collège de Jésuites de La Flèche, à la tête duquel se trouve depuis 1606 un parent des Descartes, le P. Charlet. René, en raison de sa santé délicate, y bénéficie d'un régime fort doux. Il gardera toute sa vie de la gratitude pour ses maîtres et de l'estime pour leur enseignement solide et brillant ; ses critiques viseront plus généralement la nature et l'organisation des études de son temps.

1616 : 9 et 10 novembre : Descartes est reçu bachelier et licencié en droit (droit civil et droit canon) à l'Université de Poitiers renommée pour son enseignement juridique.

C'est là à peu près tout ce qu'on sait sur lui de 1614 à la fin de 1617. Existence libérale, mondaine, sportive comme on l'entendait alors (armes, équitation…), et, semble-t-il, honorablement dissipée.

1618 : Dès le début de l'année, Descartes arrive à Bréda, en Hollande, pour y faire son instruction militaire sous les ordres et à l'école de Maurice de Nassau, prince d'Orange, protestant.

Vie de garnison, d'abord terne, mais que relève ensuite l'amitié nouvelle d'Isaac Beeckman ; conversations et travaux touchant les mathématiques, la musique, et peut-être (?) l'ésotérisme.

Une brouille surviendra une dizaine d'années plus tard, quand Beeckman tendra à s'attribuer tout le mérite du génie de Descartes. Après la réconciliation, c'est Beeckman qui lui communiquera, en 1634, le livre de Galilée, condamné l'année précédente.

1619 : Avril : Départ de Hollande pour le Danemark et l'Allemagne. Période obscure, recherches sur les Rose-Croix.

Engagement dans l'armée catholique du duc de Bavière.

10-11 novembre : Cette nuit-là Descartes est visité par trois songes qui le bouleversent, lui révèlent « les fondements d'une science admirable » et déterminent en lui des décisions qui engagent tout son avenir ; il fait le vœu d'un pèlerinage à Notre-Dame de Lorette.

1620 : Suite des obscurités. Descartes résilie son engagement. Peut-être a-t-il assisté à la bataille de la Montagne-Blanche (Prague), où Frédéric V, roi de Bohême et électeur palatin, soutien des protestants, perdit son trône ; peut-être au contraire quitta-t-il l'armée catholique avant cette campagne et pour ne pas y participer. Or Frédéric V était le père de la princesse Élisabeth qui, à partir de 1643, deviendra la meilleure amie de Descartes.

1620-1621 : Suite des obscurités. Voyages.

1622-1623 : Séjour en France. Descartes vend des biens, pour assurer à la fois sa tranquillité et son indépendance matérielle. (Il passera toute sa vie dans l'aisance, sans que nous connaissions grand-chose de ses ressources. Il plaçait dans des banques hollandaises les liquidités que lui procurait la réalisation de domaines fonciers. En 1647 il sera inscrit à Paris pour une pension royale de trois mille livres, dont il ne touchera jamais rien. Vers la même époque il eut à s'occuper d'on ne sait quelles questions d'intérêts. Il ne reçut jamais de quiconque, même dans l'armée, solde, traitement ou salaire.)

1623-1625 : Voyage en Italie.

1625-1628 : Séjour en France, et particulièrement à Paris.

1628 : Composition, en latin, des *Règles pour la direction de l'esprit,* qui, demeurées inachevées et inédites, ne seront publiées qu'en 1701.
   Départ, à l'automne, pour la Hollande, où Descartes restera fixé jusqu'en 1649 mais en changeant incessamment de résidence (sauf pendant les cinq dernières années).

1633 : Novembre. Apprenant que Galilée vient d'être condamné (en juin), Descartes, qui est en passe d'achever son *Traité du Monde,* écrit en français, renonce à le publier. Il ne paraîtra (comme le *Traité de l'Homme* en français) qu'en 1664.

1635 : Naissance de Francine, fille naturelle de Descartes et d'une servante.

1637 : Juin : Publication à Leyde, sans nom d'auteur, du *Discours de la Méthode,* écrit en français et suivi de *La Dioptrique, Les Météores et la Géométrie.* Seuls ces trois essais retiennent l'attention des savants ; ils suscitent d'ailleurs des réactions vives, notamment de la part de Roberval et de Fermat, auprès de qui se range le père de Pascal. (Le contrat passé avec le libraire prévoyait la remise gratuite à l'auteur, pour tous droits, de deux cents exemplaires de l'ouvrage.)

1640 : Septembre : Mort de Francine.
Octobre : Mort de Joachim Descartes, père de René.

1641 : Publication à Paris, en latin, des *Méditations* (dont le titre définitif n'apparaîtra que dans l'édition d'Amsterdam de 1642). La première édition contient déjà six séries d'*Objections* et de *Réponses,* recueillies ou rédigées tandis que l'ouvrage circulait en manuscrit (la septième série apparaît dans l'édition de 1642). L'achevé d'imprimer est daté du 28 août.

   La traduction française, due au duc de Luynes pour les *Méditations* et à Clerselier pour les *Objections* et les *Réponses,* ne paraîtra qu'en 1647, à Paris ; revue par Descartes lui-même, à qui ce travail donna l'occasion de préciser sur plusieurs points sa pensée, elle doit être considérée (Baillet le déclare explicitement) comme faisant foi, de préférence à l'original latin.

1641-1645 : Polémique à Utrecht, où Voët (Voetius), professeur à l'Université, qui combat Descartes depuis plusieurs années, l'accuse d'athéisme en décembre 1641. Le 17 mars 1642, l'Université condamne la philosophie nouvelle (sans d'ailleurs nommer le philosophe). La bataille se poursuit, et, avec une nouvelle condamnation en mai 1643, s'envenime dangereusement. Elle s'assoupit sur interventions des amis de Descartes et de l'ambassadeur du roi de France, mais reprendra en 1645, où l'Université finira, le 12 juin, par faire défense à quiconque de rien publier pour ou contre Descartes.

1643 : Début des relations entre Descartes et la princesse Élisabeth, fille de l'électeur palatin, née en 1618, réfugiée à La Haye depuis 1627. Leur correspondance se poursuivra jusqu'aux dernières semaines de Descartes.

1644 : Mai-novembre. Voyage en France.
Juillet. Publication à Amsterdam, en latin, pendant l'absence de Descartes, des *Principes de la Philosophie,* dédiés à la princesse Élisabeth. L'achevé d'imprimer est daté du 10 juillet.

   La traduction française, due à l'abbé Picot, achevée en mai 1645, mais longuement retardée par des mises au point de Descartes, paraîtra à Paris en 1647, précédée d'un texte inédit de première importance, « Lettre de l'auteur à celui qui a traduit le livre, laquelle peut ici servir de préface ».

1645-1646 : Durant cet hiver, Descartes entreprend, pour répondre à une demande de la princesse Élisabeth, le traité des *Passions de l'âme.*

1647 : Avril : À Leyde cette fois, Descartes est accusé de pélagianisme. Il trouve contre lui un ancien ami et disciple, Henri Le Roy (Regius). L'ambassadeur du roi de France intervient auprès du prince d'Orange pour freiner la nouvelle polémique qui se déchaîne. L'Université interdit en août qu'on parle de Descartes, en quelque sens que ce soit.
Juin-novembre. Deuxième voyage en France. Réconciliation, après brouille, avec Hobbes et Gassendi. Entrevues avec Pascal.
Décembre. Réveil de la querelle avec Regius. L'Université de Leyde finira, en septembre 1648, par nommer à une chaire vacante un cartésien.

1648 : Mai-août. Troisième et dernier voyage en France, écourté par les premiers troubles de la Fronde.

Septembre. Mort du P. Mersenne. De huit ans son cadet, Descartes l'avait connu à La Flèche et s'était lié plus étroitement avec lui pendant les séjours parisiens de sa jeunesse. Parti pour la Hollande, il l'avait établi son correspondant en titre à Paris ; ses lettres à Mersenne forment la partie la plus volumineuse de sa correspondance ; Baillet reproche d'ailleurs à Mersenne « un talent particulier pour commettre les savants entre eux et pour prolonger les disputes ».

Cependant Descartes met au point le *Traité de l'Homme*.

1649 : Février. Christine, reine de Suède, invite Descartes à venir s'installer à Stockholm. Hésitations.

Septembre. Départ pour Stockholm.

Novembre. Publication à Paris, en français, des *Passions de l'âme*.

1650 : 11 février. Mort de Descartes à Stockholm. Ses papiers sont recueillis et transmis à Clerselier, qui publiera en trois volumes (1657, 1659, 1667) le premier recueil de *Lettres de M. Descartes*.

1691 : Publication de *La vie de Monsieur Des Cartes,* en deux tomes in-quarto, par le P. Adrien Baillet (un *Abrégé* en un volume in-12 paraîtra en 1693).

Bibliographie

Les indications qu'on trouvera ci-dessous ne sont pas exhaustives, mais retiennent les ouvrages de référence et les publications les plus récentes (articles de revue, ouvrages collectifs, études critiques). Sauf indication contraire, le lieu d'édition est Paris.

ŒUVRES DE DESCARTES
Abrégé de musique, traduction et notes F. de Buzon, PUF, 1987.
Cogito 75, Vrin, 1976.
Correspondance, PUF, t. I à VIII.
Correspondance avec Arnault et Morus, texte latin et traduction de G. Lewis, Vrin, coll. « Bibliothèque des textes philosophiques ».
Correspondance avec Elisabeth, Garnier-Flammarion, 1994.
Discours de la méthode, UGE. Avec texte et commentaire, Vrin, coll. « Bibliothèque des textes philosophiques ». Suivi des *Méditations*, Larousse. Hachette, coll. « Vaubourdolle ». Bordas, coll. « Petits classiques » ; coll. « ULB ».
Discours de la méthode, suivi d'extraits de la *Dioptrique*, des *Météores*, du *Monde*, de *L'Homme*, de *Lettres* et de la *Vie de Descartes* par Baillet, présentation de Geneviève Rodis-Lewis, Garnier, coll. « GF ». Introduction de Alain et de Paul Valéry, dossier de documents, présentation de Samuel S. de Sacy, Le Livre de Poche.
L'Entretien avec Burman, traduction et notes de J.-M. Beyssade, PUF, 1981.
Exercices pour les éléments des solides, Essai en complément d'Euclide, édition critique de P. Costabel, PUF, 1987.
La Géométrie, J. Galsay, 1991.
L'Homme, Gutenberg reprints, 1985.
Lettres à Regius et Remarques sur l'explication de l'esprit humain, texte latin, traduction et notes par Geneviève Rodis-Lewis, Vrin, coll. « Bibliothèque des textes philosophiques ».
Méditationes de prima philosophia, texte latin et traduction du duc de Luynes, Vrin, coll. « Bibliothèque des textes philosophiques ».
Méditations métaphysiques, présentation de M. Soriano, Larousse. Texte latin et traduction du duc de Luynes, extrait *Des objections et des réponses*, présentation de F. Khodoss, PUF, coll. « Les grands textes ».
Méditations métaphysiques, traduction et notes de F. Khodosscoll. « Quadrige », 1988.
Œuvres, publiées par C. Adam et P. Tannery, t. I : *Correspondance* (avril 1622-février 1638) ; t. II : *Correspondance* (mars 1638-décembre 1639) ; t. III : *Correspondance* (janvier 1640-juin 1643) ; t. IV : *Correspondance* (juillet 1643-avril 1647) ; t. V : *Correspondance* (mai 1647-février 1650) ; t. VI : *Discours de la méthode et Essais* ; t. VII : *Meditationes de prima philosophia* ; t. VIII-1 : *Principia philosophiae* ; t. VIII-2 : *Epistola ad voetium…* Lettre apologétique. *Notae in programma* ; t. IX-1 : *Méditations* ; t. IX-2 : *Principes* ; t. X : *Physico-mathematica, compendium musicae, regulae ad directionem ingenii, Recherche de la vérité*, supplément à la *Correspondance* ; t. XI : *Le Monde. Description du corps humain. Passions de l'âme. Anatomica. Varia*, Vrin.
Œuvres et Lettres, textes présentés par A. Bridoux, Gallimard, coll. « Bibliothèque de la Pléiade ».
Œuvres scientifiques, présentation de M. Soriano, Larousse.

Œuvres philosophiques, Garnier, coll. « Classiques », vol. 2 ; coll. « Prestige », vol. 2.

Œuvres philosophiques, Éd. F. Alquié, 1963-1973, 3 vol.

Opere Filosofiche, Turin, édité par E. Lojacono, Unione Tipografico-Editrice Torinese, 1994, 2 vol., 920 p. et 774 p.

> Cette édition complète contient des textes absents de l'édition Adam et Tannery, comme le *Placard* de la thèse de droit, découvert récemment, ou encore des lettres de Sorbière et de Creyghton sur la mort de Descartes. L'introduction présente un travail de recherche intéressant sur la constitution des *Opera philosophica* en Hollande après la mort de Descartes.

Les Passions de l'âme, introduction et notes de G. Rodis-Lewis, Vrin, coll. « Bibliothèque des textes philosophiques ».

Pensées choisies, Nouvelles Éditions Latines.

Les Principes de la philosophie, présentation de G. Durantin, Vrin.

La Querelle d'Utrecht, Impressions nouvelles, 1988.

Regulae ad directionem ingenii, textes de l'édition d'Adam et Tannery, notice de H. Gonhier, Vrin, coll. « Bibliothèque des textes philosophiques ».

Regulae ad directionem ingenii, texte critique établi par G. Crapulli, avec sa version hollandaise du XVIIe siècle, La Haye, 1966.

Règles pour la direction de l'esprit, traduction et notes de J. Sirven, Vrin, coll. « Bibliothèque des textes philosophiques ».

LITTÉRATURE SECONDAIRE

Ouvrages collectifs et revues

Objecter et Répondre, sous la direction de J.-L. Marion et de J.-M. Beyssade, PUF, 1994.

« Revue philosophique », 4, 1992, *Descartes et la tradition humaniste*, PUF, 1993.

La Politique cartésienne, « Archives de philosophie », juillet-septembre 1990, « Bulletin cartésien XX », janvier-mars 1992.

« Revue de métaphysique et de morale », *Philosophie et Réception*, Armand Colin, 1987.

« Revue internationale de philosophie », *Descartes*, PUF, 1984.

Studia cartesiana, I, Amsterdam, 1980.

Des vérités éternelles chez Descartes, E. Boutroux, « Revue de métaphysique et de morale » (traduction française par G. Canguilhem), 1974.

Descartes, « Les Études philosophiques », 1976, t. 4.

Descartes, Cahiers de Royaumont, « Philosophie », n° 2, 1957.

Descartes et le Cartésianisme hollandais, 1951.

Études critiques

ADAM, C., *Vie et Œuvres de Descartes*, t. XII de l'édition Adam et Tannery ; *Descartes, sa vie, son œuvre*, 1937 ; *Descartes, ses amitiés féminines*, 1937.

ALAIN, *Étude sur Descartes*, coll. « Idées », Gallimard, 1932.

ALQUIÉ, F., *La Découverte métaphysique de l'homme chez Descartes*, PUF, 1991.

BAERTSCHI, B., *Rapport de l'âme et du corps chez Descartes*, Vrin, 1992.

BELAVAL, Y., *Leibniz, critique de Descartes*, Gallimard, 1978.

BEYSSADE, J.-M., *La Philosophie première de Descartes*, Flammarion, 1960 ; *Descartes*, PUF, 1994.

Bibliothèque nationale, *Descartes*, catalogue de l'exposition organisée pour le troisième centenaire du *Discours de la méthode*, 1937.

Bitbol-Hespériès, A., *Le Principe de vie chez Descartes*, Vrin, 1990.

Bordron, J.-F., *Descartes*, PUF, 1987 ; *Descartes. Recherches sur les contraintes sémiotiques de la pensée discursive*, PUF, 1987.

Brunschvicg, L., *Descartes et Pascal lecteurs de Montaigne*, Baconnière, 1945 ; Pocket, 1995.

Buzon, F. de, et Carraud, V., *Descartes et les Principia II*, PUF, coll. « Philosophies », 1994.

Cahiné, P.-A., *Un Autre Descartes*, Vrin, 1980.

Canziani, G., *Filosofia e scienza nella morale di Descartes*, Florence, 1980.

Cassirer, E., *Descartes, Corneille, Christine de Suède*, 1942.

Cavaillé, J.-P., *Descartes et la Fable du monde*, Vrin, 1994.

Cohen, G., *Écrivains français en Hollande dans la première moitié du XVIIe siècle*, 1920.

Desan, P., *La Naissance de la méthode*, Nizet, 1987.

Essen-Mœller, Dr E., *La Reine Christine*, 1937.

Frankfurt, H. G., *Démons, Rêveurs et Fous*, PUF, 1989.

Frederix, P., *Monsieur René Descartes en son temps*, 1959.

Gilson, E., *Études sur le rôle de la pensée médiévale dans la formation du système cartésien*, 1930.

Gouhier, H., *La Pensée religieuse de Descartes*, 1924 ; *Essais sur Descartes*, 1937 ; *Les Premières pensées de Descartes*, 1958 ; *Cartésianisme et Augustinisme*, Vrin, 1978 ; *La Pensée métaphysique de Descartes*, Vrin, 1978.

Grimaldi, N., *L'Expérience de la pensée dans la philosophie de Descartes*, Vrin, 1978 ; *Le Discours et sa Méthode*, en collaboration avec J.-L. Marion, PUF, épuisé.

Guenancia, P., *Descartes et l'Ordre politique*, PUF, 1983 ; *Descartes*, Bordas, 1986.

Guéroult, M., *Descartes selon l'ordre des raisons*, t. I « L'âme et Dieu », t. II « L'âme et le corps », Aubier, 1953.

Guibert, A.-J., *Bibliographie des œuvres de Descartes*, publiée au XVIIe siècle, Éditions du CNRS, 1976.

Hamelin, O., *Le Système de Descartes*, 1911.

Jaspers, K., *La Pensée de Descartes et la philosophie*, 1938.

Kobayashi, M., *La Philosophie naturelle de Descartes*, Vrin, 1993.

Koyré, A., *Études galiléennes*, 1939-1966.

Laberthonnière, P., *Études sur Descartes*, Vrin, 1935.

Laporte, J., *Le Rationalisme de Descartes*, PUF, 1988.

Lefèvre, R., *La Vocation de Descartes*, 1956 ; *L'Humanisme de Descartes*, 1957 ; *Le Criticisme de Descartes*, 1958 ; *La Métaphysique de Descartes*, 1959 ; *La Bataille du « Cogito »*, 1960 ; *La Pensée de Descartes*, 1965.

Leroy, M., *Descartes, le philosophe au masque*, vol. 2, 1929.

Marion, J.-L., *Sur l'Ontologie grise de Descartes*, Vrin, coll. « Bibliothèque d'histoire de la philosophie », 1993 ; *La Théologie blanche de Descartes*, PUF, 1991 ; *Sur le prisme métaphysique de Descartes*, PUF, 1986 ; *Questions cartésiennes*, PUF, 1991.

Maritain, J., *Trois Réformateurs, Luther, Descartes, Rousseau*, 1925 ; *Le Songe de Descartes*, 1932.

Mesnard, P., *Essai sur la morale de Descartes*, 1936 ; *Descartes*, 1966.

MILHAUD, G., *Descartes savant*, 1921.

MOUY, P., *Le Développement de la physique cartésienne, 1646-1712*, 1934.

PÉGUY, C., *Note sur M. Bergson et la philosophe bergsonnienne* ; *Note conjointe sur M. Descartes et la philosophie cartésienne*, 1914.

PETIT, H., *Descartes et Pascal*, L'Harmattan, 1995.

PHILONENKO, A., *Relire Descartes*, Grancher, 1994.

QUILLIEN, P., *Dictionnaire politique de Descartes*, PUF, 1994.

RODIS-LEWIS, G., *L'Individualité selon Descartes*, Vrin, 1950 ; *René Descartes*, LGF, 1984 ; *La Morale de Descartes*, PUF, 1970 ; *L'Œuvre de Descartes*, Vrin, 1971 ; *Le Problème de l'inconscient et le Cartésianisme*, PUF, 1985 ; *L'Anthropologie cartésienne*, PUF, 1990 ; *Descartes et le Rationnalisme*, PUF, 1992 ; *Descartes,* Calman-Lévy, 1995.

ROMANOWSKI, S., *L'Illusion chez Descartes*, Klincksieck, 1974.

RUSSIER, J., *Sagesse cartésienne et religion*, 1958.

SARTRE, J.-P., *La Liberté cartésienne*, in « Situations l », Gallimard, coll. « Idées », 1947.

SERRURIER, C., *Descartes, l'Homme et le Penseur*, 1951.

TIMMERMANS, B., *La Résolution des problèmes de Descartes à Kant*, PUF, 1995.

TOURNADRE, G., *L'Orientation scientifique de Descartes*, Vrin, 1982.

VALÉRY, P., *Fragment d'un Descartes* et *Le Retour de Hollande*, in « Variété II », 1929 ; *Descartes*, in « Variété IV », 1938 ; *Une vue de Descartes* et *Seconde vue de Descartes*, in « Variété V », 1945.

VUILLEMIN, J., *Mathématiques et Métaphysique chez Descartes*, PUF, 1987.

WAHL, J., *Du Rôle de l'idée d'instant dans la philosophie de Descartes*, Éd. Descartes et Cie, 1994.

Table des illustrations

TABLE

COLLECTION « ÉCRIVAINS DE TOUJOURS »
nouvelle série dirigée par
Jean Luc Giribone

Maquette et réalisation PAO Éditions du Seuil
Photogravure : IGS Charente Photogravure, Angoulême
Iconographie : Claire Balladur & Véronique Bonnamour

Achevé d'imprimer par Aubin Imprimeur à Ligugé
D. L. janvier 1996. N° 28228 (P50724)